KB272379

사랑을 담아,
제인 오스틴

사랑을 담아,
제인 오스틴

제인의 사람과 사랑, 문학에 대한
가장 내밀한 생각을 나눈 편지들

제인 오스틴 지음
유혜인 옮김

일상

옮긴이의 글

제인 오스틴의 진짜 얼굴을
발견하게 되기를

『오만과 편견』, 『이성과 감성』, 『엠마』, 『설득』…… 제목만 들어도 친숙한 제인 오스틴의 작품들은 원작 소설과 영화, 드라마로 지금까지도 변함없는 인기를 누리고 있다. 시대를 초월한 명작을 탄생시킨 제인 오스틴은 연애와 결혼이라는 보편적인 주제 안에서 날카로운 통찰력, 특유의 유머와 풍자로 인간의 본성을 그려 냈다는 찬사를 받으며 영문학을 대표하는 작가로 자리매김했다.

하지만 작품 목록만으로는 한 사람의 인생을 다

알 수 없다. 1775년에 태어나 1817년 41세의 나이로 짧은 생을 마감한 인간 제인 오스틴은 과연 어떤 사람이었을까? 무엇을 보고 경험했기에 21세기를 사는 지금의 우리도 공감할 수 있는 작품들을 남길 수 있었을까? 이런 의문을 조금이나마 해소해 줄 기록이 있으니, 바로 제인이 일상 속에서 틈틈이 가족에게 보낸 편지들이다. 현재 남아 있는 160여 통 가운데 작가의 삶과 생각을 잘 알 수 있는 편지들을 선별해 한국 독자들에게 소개하고자 한다.

이 서간집은 제인의 생애 흐름에 따라 총 4부로 구성했다. 1부에서는 고향 스티븐턴을 배경으로 오스틴 가족의 소소한 일상과 활발한 사교 생활을 엿볼 수 있다. 2부는 바스로 이주하며 겪은 변화와 개인의 성장을, 3부는 첫 책 출간 이후의 시기의 편지로 출판 작가로서의 기쁨과 고뇌를 다룬다. 마지막 4부에는 어느덧 장년에 접어든 제인 오스틴의 편지를 엮었다. 사랑하는 조카들에게 고모로서 건넨 귀중한 조언들이 많다. 이 순서를 따라 읽다 보면 거장이라는 이름 아래 단아하게 굳어 있던 이미지가 서

서히 풀리며 보다 입체적인 인간 제인 오스틴의 모습이 드러난다.

1796년의 제인 오스틴은 첫사랑으로 알려진 톰 르프로이와의 만남을 이야기하며 진심을 농담으로 감추는 스무 살 아가씨다. 톰의 제안을 받아주지 않겠다면서도 사실은 그러고 싶은 속내를 내비치고, 그와 이루어지지 못한다는 생각에 눈물을 흘렸다고 말하는 모습은 지극히 인간적이다. 비록 결혼이 이루어지지 못했고 그 이유도 명확히 알려지지 않았지만, 만남의 설렘과 이별의 아쉬움을 고스란히 전해진다는 점에서 이 시기의 편지는 더없이 소중한 기록이다.

제인이 그토록 설레며 기다렸던 무도회는 당시 일상의 큰 부분을 차지하는 행사였고 훗날 소설의 영감이 될 소재의 원천이기도 했다. 20대의 제인은 다양한 무도회에 참석해 누가 누구와 춤을 췄는지, 누가 어떤 말을 했고 어떤 옷을 입었는지 집요하게 기록했다. 제인에게 무도회장은 그저 춤을 추고 즐기는 공간이 아니라 인간의 본모습과 허영을 간파

하는 관찰의 장이었던 셈이다. 이 시절 관찰한 인간 군상이 훗날 작품 속에서 살아 숨 쉬는 캐릭터들로 재탄생하지 않았을까 하는 추측도 가능하다.

제인은 주변 사람들을 관찰해 재미있는 농담거리로 삼는 능력도 뛰어났다. 자칫 신랄해 보일 수 있지만 유쾌한 위트가 묻어나는 문장들이 편지 곳곳에서 발견된다. 자신에게 호의적이지 않은 사람을 두고 나도 그들을 좋아하지 않기로 마음먹었으니 괜찮다며 비꼬고, 언니에게는 왜 그런 멍청한 남자와 네 번이나 춤을 췄냐며 애정 섞인 타박을 보낸다. 언니를 당연한 존재로 여기는 이들을 향해 "언니 정말 그 집 가구 중 하나 취급을 받은 거네! 하지만 그들이 언니를 설치한 적은 없잖아."라고 표현하는 대목에서는 그녀 특유의 언어유희가 빛을 발한다.

외부 세계를 향해서는 냉소와 풍자를 거침없이 던지던 제인이었지만 가족에게는 한없이 다정하고 헌신적인 태도를 보였다. 건강이 좋지 않은 어머니의 상태를 늘 세심히 살폈고, 오빠가 병을 앓거나 아내를 잃었을 때는 진심으로 가슴 아파했다. 군 복무 중인 형제들의 보직 문제로 가족과 함께 고민하는 모습도 수시로 등장한다. 멀리 사는 언니에게 그날 가족의 일상을 시시콜콜 보고하는 일은 제인에게 의무가 아닌 진정한 삶의 활력소이자 기쁨이었던 듯하다.

가족 역시 제인에게 무한한 신뢰와 사랑을 보내며 그녀가 작가로 성장하는 데 든든한 버팀목이 되어 주었다. 어머니와 형제자매, 조카들은 제인이 습작을 하던 시절부터 첫 번째 독자로서 응원을 아끼지 않았다. 딸의 재능을 믿었던 아버지는 직접 출판사에 편지를 보냈고, 형제들도 출판 계약과 홍보 과정에 적극적으로 참여했다. 제인은 이런 따뜻한 울타리 안에서 자신의 문학 세계를 더 단단하게 다져갈 수 있었다.

편지를 쭉 읽다 보면 제인이 평생 바친 열정의 대상은 어떤 남자도 아닌 글쓰기였다는 사실이 또렷해진다. 제인은 사적인 편지를 쓸 때조차 자신의 문장이 부족하다며 자책했고, 칭찬을 들으면 아이처럼 기뻐했다. 좋아하는 작가의 작품을 탐독하며 감탄하는 모습에서는 창작자로서의 탐구심이 느껴진다. 그 결과 "오로지 명성을 위해 글을 쓴다"던 소녀는 사람들이 의무감에라도 자신의 책을 사줬으면 한다고 말하는 프로 작가로 성장한다. 순수하게 명예를 좇던 열망이 책 가격과 오타를 걱정하고 판매량을 의식하는 현실적인 책임감으로 이어지는 과정은 무척이나 흥미롭다.

1부에서 3부까지의 편지들이 책을 좋아하는 시골 소녀에서 어엿한 작가로 성장하기까지의 궤적을 보여 주지만 제인이 한 명의 여성으로서, 작가로서 어떤 가치관을 품고 살았는지에 관해서는 여전히 베일에 싸인 듯 궁금증을 자아낸다. 그 갈증이 깊어질 때쯤 가뭄 끝의 단비처럼 제인의 작가관과 결혼관을 선명하게 드러내 보여 주는 것이 바로 4부의 편지들이다.

제인은 소설가를 꿈꾸는 조카 애나에게 엄격하면서도 다정한 선배 작가였다. 애나의 소설을 읽고 보내 준 장문의 피드백은 등장인물의 성격부터 서사의 긴장감까지 어느 하나 허투루 넘기지 않고 골

고루 짚어 낸다. 갈피를 잡지 못하는 이야기는 생동감으로 죄를 씻을 수 있다거나 장소를 너무 상세히 묘사하면 독자에게 역효과를 준다는 등의 조언에는 제인이 평생에 걸쳐 쌓아 올린 창작의 원칙이 담겨 있다.

한편 결혼의 갈림길에서 망설이는 조카 패니에게 건네는 조언에서는 사랑과 결혼을 향한 제인의 소신이 드러난다. 제인은 조카가 결혼해 행복하길 바라면서도 애정 없는 결혼은 택할 수도, 택해서도 안 되는 것이라 단호하게 말한다. 독신 여성은 가난하게 살 가능성이 높다며 냉혹한 현실을 언급하는 대목에서는 비혼으로 살며 겪었을 고충도 느껴진다. 그럼에도 제인은 결혼의 조건이 사랑과 열정이라고 굳게 믿었고 자신의 선택을 후회하지 않았던 것으로 보인다.

여기서 이 서간집의 또 다른 주인공 커샌드라 오스틴을 이야기하지 않을 수 없다. 약혼자와 사별한 후 제인과 마찬가지로 평생을 비혼으로 살았던 커샌드라는 제인에게 자매 이상의 존재였다. 두 사람은 서로에게 가장 친한 친구이자 삶의 모든 순간을 공유하는 동반자였다. 제인은 사소한 일상부터 내밀한 고민까지 전부 편지에 담아 언니에게 전했고, 삶의 마지막 순간에도 언니 곁에서 평온을 찾았다.

이 책의 마지막에 실은 제인이 눈을 감은 후 커샌드라가 조카 패니에게 쓴 편지를 보면 두 자매의 사랑이 얼마나 깊었는지 짐작할 수 있다. 커샌드라는 의연하게 동생의 마지막을 기록하면서도 자신이 보물을 잃었으며 마치 일부가 떨어져 나간 것 같다고 슬픔을 토로한다. 평생 독신으로 살았다 해서 그 삶이 고독했다고 말할 수 있을까? 편지 속 제인 오스틴은 그 누구보다 뜨겁고 전폭적인 사랑을 받았던 사람이었다.

커샌드라는 제인 오스틴 사후 사적인 기록들이 동생의 명성에 해가 될까 우려해 상당수의 편지를 불태워 없앴다. 우리에게는 안타까운 손실이지만, 작가의 사생활을 끝까지 보호하고 싶었던 언니만의 사랑 방식이었을 테다. 지금 우리가 읽는 편지들은 그 엄격한 선별과 세월을 뚫고 살아남은 귀한 파편

들이라 할 수 있다.

이 서간집에 실린 편지들은 또 다른 의미에서도 불완전하다. 제인은 책상 위에 편지지를 두고 틈틈이 생각나는 대로 글을 썼다. 그러다 보니 맥락을 이해하기 어려운 부분이 많고 이야기가 중간에 툭 끊기기도 한다. 문장들도 즉흥적이다. 하지만 바로 그 점 때문에 우리는 종이 위에 잘 다듬어진 문장이 아니라 살아 움직이는 듯한 제인의 목소리를 만나게 된다.

이 책을 읽는 독자들도 자신의 일상을 성실히 가꾸었던 그녀의 기록을 통해, 위대한 작가로 기억되는 제인 오스틴의 진짜 얼굴을 함께 발견할 수 있기를. 제인 오스틴이 언니와 조카들에게 보냈던 다정한 마음이 긴 시간을 건너 모두에게 전해졌으면 하는 바람이다.

이 책을 읽는 모든 독자들에게
사랑을 담아,
유혜인

오스틴 가계도

조지 오스턴 목사 ——— 커샌드라 리 오스턴

제임스   조지   에드워드   헨리   커샌드라   프랜시스   제인   찰스

애나
제임스 에드워드 오스틴-리
캐롤라인 메리 크래이븐

패니
에드워드
조지
헨리
윌리엄
엘리자베스
메리앤
찰스
루이자
커샌드라 제인
브룩 존

메리 제인
프랜시스 윌리엄
헨리 에드거
조지
커샌드라 엘리자
허버트 그레이
엘리자베스
캐서린 앤
에드워드 토마스
프랜시스 소피아
첨리

커샌드라 에스턴
해리엇 제인
프랜시스 팔머
엘리자베스
찰스 존
조지
제인
헨리

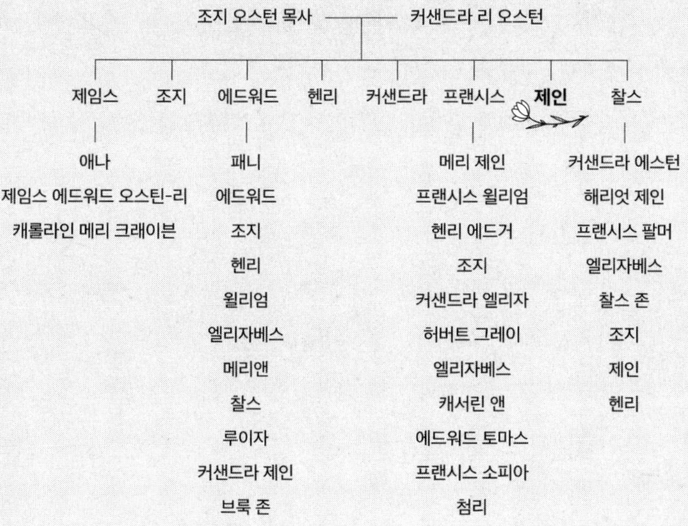

❖ 차례

1부 나는 오로지 명성을 위해
❖❖❖ 글을 쓰거든

2부 다시
✛✛✛ 새로운 곳에서

3부 작가가
✛✛✛ 되다

4부 사랑하는
✦✦✦ 이들에게

커샌드라의 편지

1부

나는 오로지
명성을 위해
글을 쓰거든

YOURS
AFFECTIONATELY,
J. A

아주 근사했던
어젯밤 무도회 소식을
전하려고 해

1796년 1월 9일 토요일, 스티븐턴에서

뉴버리 킨트버리 파울 목사 댁
오스틴 양 앞

우선 언니가 23년 더 오래 살기를 빌어. 톰 르프로이(제인 오스틴의 첫사랑으로 알려진 인물이다. 집안의 경제적인 이유로 제인과의 결혼에 이르지는 못했다. 그를 바탕으로 『오만과 편견』 다아시 씨가 탄생했다는 말도 있다―옮긴이)씨도 어제가 생일이었으니 두 사람 나이가 비슷해졌겠네.

이것으로 꼭 해야 할 말은 다 했고, 지금부터는 아주 근사했던 어젯밤 무도회 소식을 전하려고 해. 찰스 파울을 못 봐서 몹시 아쉬웠다는 것도 함께. 분명 파티에 초대받았다고 들었는데 말이야. 하우드네

무도회에는 우리 일행 외에 그랜트 가족, 세인트 존스 가족, 레이디 리버스와 그녀의 1남 3녀, 히스코트 남매, 르페브르 부인, 왓킨스 형제, J. 포털 씨, 딘스 양, 레저스 자매가 참석했어. 키가 큰 성직자도 함께 왔는데 메리가 절대 알아맞힐 수 없을 이름이었어.

우리 마차에는 이미 세 명이 타고 있었지만 그래도 제임스 오빠를 태워 주는 친절을 베풀었지. 최근 춤 솜씨가 눈에 띄게 발전했다는 점에서 오빠는 격려를 받아 마땅하거든. 히스코트 양은 예쁘장하지만 기대만큼 미모가 출중하지는 않았어. 히스코트 씨는 엘리자베스와 첫 춤을 췄고 나중에도 한 번 더 같이 춤을 췄어. 하지만 그 둘은 각별해지는 법을 몰라. 그래도 이후에 내가 세 번에 걸쳐 가르침을 주었으니 도움을 받았으리라 믿어.

방금 받은 장문의 편지에 언니의 잔소리가 너무 심해서 아일랜드 친구와 내가 어떻게 보냈는지 들려주기가 두려울 지경인걸. 함께 춤을 추고 한 테이블에 앉아 있는 모습을 최대한 방탕하고 충격적으로 상상해 보도록 해. 하지만 나를 드러낼 기회는 딱

한 번밖에 남지 않았어. 다음 주 금요일 애시에서 춤을 추기로 했지만 곧 그 사람이 이곳을 떠나거든. 정말이지, 아주 신사답고 잘생기고 유쾌한 청년이야. 하지만 지난 세 번의 무도회를 제외하면 따로 만난 적이 없어서 언니에게 들려줄 이야기가 많지 않네. 애시에서 나 때문에 엄청나게 놀림을 받고 있다며 스티븐턴에 오기를 부끄러워하고 있고, 며칠 전 우리가 르프로이 부인을 방문했을 때도 도망쳐 버렸거든.

어젯밤 집에 오는 길에 워런을 딘 게이트 여관에 내려 줬고, 그는 이제 런던으로 향하는 중이야. 언니에게 사랑과 기타 등등 인사를 남겼으니 만나면 전해 줄게. 헨리 오빠는 석사 학위를 취득하기 위해 오늘 하든으로 가. 유쾌하기로 제일가는 두 남자가 떠나 버리다니 무척이나 쓸쓸할 거야. 그 무엇으로도 위로가 되지 않겠지만 그래도 화요일에 쿠퍼 가족이 도착하니까. 다음 월요일까지 이곳에 머물 예정이래. 캐럴라인이 애시 무도회에 함께 가 주면 좋겠는데 그러지 않겠지.

나는 어젯밤 워런과 두 번, 찰스 왓킨스 씨와 한 번 춤을 췄는데 존 라이퍼드와 파트너가 되는 상황을 완벽하게 피하는 기적을 이뤄 냈어. 물론 그러기 위해 굉장히 노력해야 했지. 저녁 식사는 무척 맛있었고 온실도 조명으로 아주 아름답게 빛났어.

어제 아침에는 벤저민 포털 씨가 찾아왔어. 언제 봐도 아름다운 눈이야. 다들 언니가 돌아오기를 손꼽아 기다리고 있어. 하지만 애시 무도회 전까지 집에 올 수 없으니, 사람들에게 괜한 기대감을 심어 주지 않게 되어 다행이야. 제임스 오빠는 앨리시아와 춤을 췄고 어제저녁 엄청난 인내심을 발휘해 칠면조를 잘랐어. 언니 편지에 실크 스타킹 얘기가 없어서 찰스가 사지 않았나 보다 하고 스스로를 위안 중이야. 나는 돈을 지불해 줄 형편이 안 되거든. 내 돈은 흰 장갑과 분홍색 페르시아 천을 사는 데 다 써 버렸어. 찰스가 매니다운에 있었으면 언니에게 내 친구를 묘사해 줬을 텐데 아쉽다. 그 사람에 관한 이야기를 빨리 듣고 싶을 거 아냐.

헨리 오빠는 정규군에 대한 미련을 아직 못 버려서, 옥스퍼드셔 연대의 부관직을 매수하겠다는 계획이 무산되니 새로 창설된 제86연대에서 중위 계급과 부관 직책을 따내겠다고 벼르고 있어. 제86연대가 희망봉으로 배치 명령을 받을 거라 생각하나 봐. 나는 오빠의 이번 계획이 언제나처럼 실패로 돌아가기를 진심으로 바라고 있어. 우리는 어머니가 만든 낡은 종이 모자를 전부 예쁘게 손질해 주변에 나눠 줬어. 부디 언니 모자가 없어졌다고 아쉬워하지 말아 줘.

앞의 내용을 쓰고 나서 톰 르프로이 씨와 그의 사촌 조지가 우리 집을 찾아왔어. 조지는 이제 정말로 품행이 단정해졌더라. 르프로이 씨에 대해 말하자면, 그 사람에게는 딱 한 가지 흠이 있는데 시간이 흐르면서 완벽하게 사라질 흠이겠지만, 모닝코트 색이 지나치게 밝다는 거야. 톰 존스를 굉장히 동경해서 같은 색 옷을 입는 게 아닐지 싶어. 톰 존스가 부상을 입었을 때처럼(헨리 필딩 『업둥이 톰 존스 이야기』에 나오는 한 장면을 뜻한다 — 옮긴이) 말이야.

일요일

19일까지 돌아오지 않을 예정이면 쿠퍼 가족은 못 만나겠네. 언니도 그러기를 바라고 있겠지. 찰스에게서 연락을 못 받은 지는 꽤 됐어. 순풍이 부니 지금쯤 출항했을 거야. 톰의 배 이름은 정말 웃겨! 하지만 톰의 악명 높은 작명 센스를 생각하면 직접 지은 이름인 게 분명해. 비치 부부의 딸이 잘못됐다니 유감이야. 나를 닮은 아이였다니 더더욱.

M. 양의 상실과 엘리자의 소득에 위로와 축하를 보내며 이만 줄일게.

J. A.

그를
받아 주지는
않을 거야

1796년 1월 14일 목요일, 스티븐턴에서

뉴버리 킨트버리 파울 목사 댁
오스틴 양 앞

방금 막 언니와 메리의 편지를 받았어. 더 반가운 소식이면 좋았겠지만 편지를 보내 줘서 두 사람에게 고마운 마음이야. 상황이 그렇게 안 좋아졌다니 화요일에 언니를 본다는 기대는 접어야겠네. 그날 이후까지도 돌아오지 못하면 토요일이 지나서야 마중 갈 사람을 보낼 수 있을 것 같아. 나는 언니를 이틀 빨리 보기 위해서라면 별 관심 없는 무도회쯤이야 얼마든지 포기할 수 있지만 말야. 엘리자가 가엽게도 병에 걸렸다는 소식을 듣고 우리 모두 몹시 안타까워하고 있어. 하지만 언니가 편지를 쓴 이후로 엘리자가 건강을 회복했을 거고, 병간호를 하다가 앓아누운 사람도 없었을 거라 믿어. 찰스가 스타킹을 주문했다니, 정말 도움이 안 된다니까! 그 벌로 남은 평생 푹푹 찌는 더위에 시달려라!

어제 입소프로 언니에게 편지를 보냈는데, 지금 언니는 킨트버리에 있으니 받지 못하겠지? 딱히 길거나 재미있는 편지는 아니니 못 받아도 괜찮아. 그냥 쿠퍼 가족이 무사히 잘 도착했다는 내용이었어. 아들은 쿠퍼 박사님을 빼닮았고 딸은 크면 제인을 닮을 거라고 사람들이 그러더라.

내일 밤 애시에 함께 갈 사람은 에드워드 쿠퍼, 제임스 오빠(무도회에 빠지면 안 될 인물이지), 지금 우리 집에 머무는 불러, 그리고 나야. 저녁에 내 친구로부터 어떤 제안을 받을 것 같아 내일이 되기만을 손꼽아 기대하고 있어. 하지만 흰 코트를 입지 않겠다고 약속한다면 모를까 그를 받아 주지는 않을 거야.

저번에 보낸 편지를 칭찬해 주니 어깨가 으쓱해.

나는 금전적인 보상 따위 바라지 않고 오로지 명성을 위해 글을 쓰거든.

에드워드 오빠는 친구 존 라이퍼드와 놀러 나가서 내일에나 돌아온대. 애나는 지금 여기 있어. 어린 사촌들과 지낸다고 마차를 타고 왔지만 아이들을 챙긴다거나 아이들 일에 신경 쓴다거나 하지는 않네. 애나가 캐럴라인의 물레는 좋아하더라. 메리를 통해 파울 부부가 언니를 마음에 들어 한다는 소식을 듣고 얼마나 기뻤는지 몰라. 앞으로도 쭉 두 사람에게 좋은 인상을 심어 주기를.

내게 보내는 편지에 톰 이야기를 쓰다니 언니도 참 웃기다! 나라고 직접 들을 기회가 없을까 봐? 8일 금요일에도 내게 편지를 써서 보냈는걸. 일요일에 바람이 좋으면 팔머스에서 출항한다고 했어. 실제로도 일요일 날씨가 좋았으니까 지금쯤이면 바베이도스에 있겠다. 리버 가족은 아직 매니다운에 있고 내일 애시에 도착할 거래. 어제 날씨만 괜찮으면 빅스 양을 찾아갈 생각이었지만 그러지 못했어. 방금은 캐럴라인, 애나와 차가운 절임을 신나게 먹어 댔는데 뭐가 제일 맛있었는지는 잘 모르겠어.

메리에게 전해 줘. 앞으로 메리만 사용하고 독점할 수 있도록 하틀리 씨와 그의 전 재산을 양도한다고 말이야. 하틀리 씨뿐만 아니라 그 애가 찾을 수 있는 추종자란 추종자는 다 덤으로 준다고 해. 파울렛 씨가 내게 하려고 했던 키스까지도. 나는 앞으로 톰 르프로이 씨에게만 나를 허락할 생각이니까. 물론 그에게는 약간의 관심도 없지만. 그리고 워런이 내게 무관심하다는 결정적인 증거로 메리에게 이 말도 꼭 전해 줘. 워런이 그 신사의 초상화를 그려서 한숨 한 번 쉬지 않고 내게 가져다주었다고.

금요일

드디어 톰 르프로이와 마지막으로 시시덕거릴 날이 왔어. 언니가 이 편지를 받을 즈음에는 전부 끝나 있겠지. 우울한 생각을 하니 이 글을 쓰면서도 눈물이 흐른다. 어제는 윌리엄 슈트가 들렀어. 무슨 의도로 그렇게 친절하게 행동하는 건지 모르겠네. 톰이 리치필드의 처녀와 결혼한다는 소문이 있어. 존

라이퍼드 남매가 오늘 에드워드 오빠를 집으로 데려와 함께 저녁 식사를 하고 다 같이 애시로 갈 거야. 제비를 뽑아서 파트너를 결정한다고 들었어. 엘리자 상태는 어떤지, 언니는 언제쯤 돌아올 예정인지 빨리 듣고 싶어.

사랑하는 동생

J. 오스틴.

우아하지 못한 꼴을
벗어날 수가 없네

1796년 9월 18일 일요일, 롤링에서

햄프셔 오버턴 스티븐턴
오스틴 양 앞

친애하는 커샌드라 언니에게

오늘 아침은 내내 의심과 고민 속에 계획을 짜고, 문제가 있으면 해결하면서 시간을 보냈어. 어떤 일이 예상보다 일주일이나 빨리 일어나서 말이야. 프랭크 오빠가 '트리톤'이 지휘하는 '존 고어 선장'에 배정되는 바람에 수요일까지 런던에 가야 하거든(실제로는 '존 고어 선장'이 지휘하는 '트리톤'호지만 오스틴 가족은 편지에 이런 장난을 치곤 했다―옮긴이). 나도 그날 꼭 동행하고 싶은데 피어슨 가족이 집에 있을지 확실치 않으면 불가능하단 말이지. 그들이 부재중이면 내가 머물 곳이 없잖아.

금요일에 피어슨 양에게 편지를 보냈는데 오늘 아침엔 답장이 오면 좋겠다. 그러면 모든 문제가 순조롭게 해결될 텐데. 프랭크 오빠가 임무를 받자마자 우리도 계획한 대로 내일 이곳을 떠날 수 있고 말이야. 오빠는 내 사정에 맞춰 수요일까지 남기로 했어. 오늘 피어슨 양에게 다시 편지를 쓰고 인편에 답장을 보내 달라고 부탁했으니 화요일이면 수요일에 가도 되는지 확답을 받을 수 있을 거야. 그쪽에서 안 된다고 하면 에드워드 오빠가 고맙게도 다음 월요일에 그리니치로 데려다주겠다고 약속했어. 원래 정한 날보다 하루 빠르지만, 그편이 낫다고 하면 그래야지.

화요일에도 답장을 받지 못하면 메리가 집에 없나 보다 생각하고 소식이 올 때까지 기다려야 할 것 같아. 스티븐턴에 같이 가자고 먼저 제안해 놓고 말 없이 집으로 가 버리면 안 되잖아.

아버지가 이 방탕한 딸을 데리러 올 거라 믿어. 설

마 내가 런던에서 병원을 전전하거나 사원에 들어가거나 세인트 제임스에서 경비를 서기를 바라시지는 않겠지. 프랭크 오빠는 나를 집까지 데려다줄 권한이 없을 거야. 맞아, 확실해. 그리니치에 도착하는 대로 다시 편지할게.

날씨가 정말 끔찍이도 덥다! 우아하지 못한 꼴을 벗어날 수가 없네.

만약 피어슨 양과 집에 함께 가게 된다면 외모에 너무 큰 기대는 하지 않도록 주의해. 솔직히 말해서 처음 봤을 때 내가 생각했던 모습과 괴리가 있었어. 마음의 준비를 하지 않으면 어머니는 분명 실망하실 거야. 내 기억 속의 초상화와는 다른 얼굴이거든.

프랭크 오빠와 함께 돌아간다는 아이디어가 떠올라 정말 다행이야. 헨리 오빠가 다시 켄트에 온다지만 시기가 불확실해서 이제나저제나 마냥 기다려야 하잖아. 어떻게 되든 내일 프랭크 오빠와 출발하려고 했는데 주변에서 너무 성급하게 행동하지 말라고 나를 말리더라고. 생각해 보니 그 말도 맞는 것 같아. 만약 피어슨 가족이 집에 없으면 어느 뚱보 여인의 계략에 빠져 술에 취할 게 뻔하니까(화가 윌리엄 호가스의 연작 〈어느 매춘부의 행로〉에 포주 노파가 처녀를 꾀는 장면이 있다—옮긴이).

메리가 아들을 낳았어. 산모도 아기도 아주 건강해. 어떤 메리를 말하는지는 언니 추측에 맡길게. 잘 지내고, 다정한 식구들에게 안부 전해 줘. 피어슨 양이 함께 있다면 모를까, 내가 돌아가기 전에는 무슨 일이 있어도 로이드 가족을 보내지 말고. 나 글을 왜 이렇게 못 썼지? 내가 싫어지려고 해.

사랑을 담아
J. 오스틴.

추신
'트리톤'은 막 뎁트퍼드에서 진수된 신 32문 호위함이야. 오빠는 고어 선장을 부리게 되어 몹시 기뻐하고 있어(역시 반어적인 표현이다—옮긴이).

착한 동생으로서
새 소식을 전해

1798년 12월 1일, 스티븐턴에서

파버셤 고드머셤 파크
오스틴 양 앞

친애하는 커샌드라 언니에게

나는 언니의 착한 동생이니까, 방금 프랭크 오빠 연락을 받았다는 소식을 전하려고 빠르게 다음 편지를 써. 오빠는 10월 19일을 기준으로 카디스에 몸 건강히 잘 있어. 언니 편지를 받은 지 얼마 안 됐다고 하더라. 런던호가 세인트 헬렌에 있던 까마득한 옛날에 쓴 그 편지 말이야. 오빠가 아는 우리 가족의 최근 근황은 내가 고드머셤에 도착하자마자 보낸 9월 1일의 편지에 머물러 있더라니까. 10월 초쯤 영국에 있는 소중한 사람들에게 엑설런트호 편으로 보낼 편지를 잔뜩 썼대. 하지만 내게 편지를 부치는 시점에 엑설런트호는 출항하지 않았고 그럴 기미도 보이지 않는다더라. 그 안에는 우리 둘, 스펜서 경, 데이시 씨, 동인도회사 감독들에게 보내는 편지가 있다고 했어. 세인트 빈센트 경은 오빠가 편지를 썼을 때 함대를 떠나 지브롤터로 갔대. 적군의 항구를 공격하기 위한 비밀 원정을 준비하는 감독 역할이라는 소문이 있어. 목표는 미노르카나 몰타로 추측 중이고.

편지로 봐서는 기분이 좋아 보이는데 앞으로는 지금처럼 쉽게 연락을 주고받을 수 없을 거라더라. 카디스와 리스본 사이의 수송이 예전만큼 활발하지 못해서 그렇대. 그러니 다음 편지가 한참 후에 도착해도 언니와 어머니는 걱정하지 않았으면 해. 두 사람이 우리 가족 중 제일 마음이 여리기 때문에 특별히 말해 주는 거야.

어머니는 어제 오후 감탄하며 구경하는 사람들

을 뚫고 드레스룸에 입장했고 우리는 5주 만에 처음으로 다 같이 차를 마셨어. 밤에도 어머니 컨디션이 나쁘지는 않았어. 오늘도 어제처럼 활발히 움직이실 수 있을 것 같아…….

어제 라이퍼드 씨가 다녀갔어. 방문했을 때가 마침 저녁 시간이어서 고상하고 즐거운 시간을 함께 보냈지. 나는 식탁 앞에 앉으시겠냐고 당당히 물어봤어. 완두콩 수프, 돼지갈비, 푸딩을 먹고 있었거든. 라이퍼드 씨는 어머니의 얼굴이 노랗게 뜨고 몸에 발진이 생길 거라고 예상하던데 절대 그렇게 되지 않을 거야.

어제 아침에는 딘에 들렀어. 메리는 잘 있지만 체력을 회복하는 속도가 너무 느리더라. 사흘째와 엿새째에 건강해 보여서 보름 후면 예전으로 돌아올 줄 알았는데 말이야.

제임스 오빠는 어제 산모와 아이를 보러 입소프로 갔어. 지금은 레티가 메리 옆에 있고 당연하게도 행복에 푹 빠져 있지. 아이를 너무 좋아해. 메리는 내가 선뜻 머물고 싶은 마음이 들 만큼 뭘 잘해 놓지 못해. 자기 외모 관리도 깔끔하게 하지 못하고. 침대에 앉아서 시간을 보낼 때 입을 가운도 없고, 커튼은 하나같이 너무 얇아. 안락함이라는 걸 느낄 수 없는데 메리에게는 이런 상황을 개선할 센스도 없어. 반대로 깨끗한 모자를 단정하게 쓰고 흰옷을 깔끔히 갖춰 입은 엘리자베스는 정말 예뻐. 우리는 지금 드레스룸에서 살다시피 하고 있는데 그래서 참 좋아. 거실보다는 그곳에 있을 때 한층 우아해진 느낌이 들거든.

킨트버리에서는 아직 소식이 없네. 엘리자가 우리 인내심을 시험하는 중이야. 지난 목요일에 건강히 잘 있긴 했어. 마리아 몬트레소 양은 누구와 결혼한다는 거야? 멀캐스터 양은 어떻게 되는 거고?

나사 가운은 어쩜 이렇게 편한지. 하지만 언니는 너무 자주 입지 마. 집에 온 뒤로 밤에 쓸 모자를 두어 개 만들었고 그 덕에 머리카락을 손질하는 수고가 확 줄어들었어. 이제는 머리를 감고 빗질만 하면 돼.

긴 머리카락은 땋아 올려 눈에 걸리적거리지 않고 잔머리도 구불거려 종이로 따로 말아 줄 필요가 없어졌거든. 그리고 얼마 전 버틀러 씨에게 커트를 받았어.

모건 양이 죽었다고 생각할 이유는 없는 것 같아. 라이퍼드 씨가 어제 아버지의 양고기를 극찬해서 우리 다 기분이 좋아졌어. 다들 지금까지 먹어 본 양고기 중 제일 맛있었다지 뭐야. 존 본드는 자신이 늙어 가고 있다는 생각이 들기 시작했대. 다른 사람도 아니고 존 본드가 그러면 어쩌라는 건지. 이제는 힘든 일을 할 수 없다고 해서 그를 대신할 일꾼을 구했어. 존은 양들만 관리할 예정이야. 바쁘게 일하는 사람들 수가 줄어든 것 같아. 남자는 없고 어린애들만 보이네. 그냥 내 의견이 그렇다는 거야. 내가 이런 문제에 얼마나 둔한지 언니는 잘 알잖아. 리지 본드가 스몰 양 밑에 견습생으로 들어갔어. 몇 년 안에 드레스를 망치는 모습을 볼 수 있기를 기대해 보자고.

아버지가 로버트 부탁으로 메이 씨에게 맥줏집을 알아봐 달라고 했어. 윈체스터의 딘 씨에게도. 아이디어를 낸 사람은 어머니야. 에드워드가 돈을 받았으니 그 대가로 에드워드의 친척을 돕는 일은 자랑스럽게 여길 거라면서 말이야. 딘 씨에게서 정중한 답장이 왔지만 현재는 빈 곳이 없대. 그래도 메이 씨 말로는 조만간 파념에 하나 나올 것 같다고 하니, 내니가 윈체스터의 주교님에게 맥주를 따라 드리는 영광을 누리게 될지도 모르겠어. 내일은 프랭크 오빠에게 편지를 쓰려고 해.

찰스 파울렛이 목요일에 무도회를 연대. 당연히 그 소식에 주변은 떠들썩해졌지. 그의 재정 상태에 촉각을 곤두세우고 언제 망하나 기대하는 사람들이 잖아.

우리는 새로 온 하녀를 좋아하기로 했어. 낙농 일에 대해 정말 아무것도 모르는 건 우리 가족 모두가 불만이지만 차근차근 다 가르쳐 주려고 해. 간단히 말하자면 오랫동안 하녀를 쓰지 않아 보니 너무 불편해서, 무조건 마음에 들어 하기로 결심했다는 얘기야. 그쪽에서 우리 눈 밖에 나고 싶다 해도 웬만한 노력으로는 불가능할 거야. 지금까지의 모습을 보면 요리를 제법 잘하고 굉장히 튼튼해. 본인 말로는 바느질도 잘한대.

일요일

아버지가 에드워드 오빠의 돼지들에 관해 좋은 소식을 듣고 기뻐하셔. 오빠가 취미를 잃지 않도록 볼턴 경이 돼지에 각별한 관심을 보인다는 말을 전해 달래. 사람을 시켜 가장 멋진 돼지우리를 짓고 아침에 일어나자마자 돼지들을 보러 간다고 하더라.

사랑하는 동생

J. A.

편지를 너무 많이 써서 목이 잘리지 않으려나 몰라

1798년 12월 24일 월요일 밤, 스티븐턴에서

켄트 파버셤 고드머셤 파크
오스틴 양 앞

커샌드라 언니에게

언니에게 전할 기쁜 소식을 한시라도 빨리 알리고 싶어 일찍 펜을 들었어. 물론 보내는 시기는 평소와 다르지 않겠지만.

갬비어 제독이 아버지의 청원에 다음과 같은 답장을 보냈어.

"젊은 장교는 경험이 부족해 작은 배에서 근무하는 것이 일반적입니다. 또한 임무를 배우기에 더 적합한 환경이기에 아드님은 계속 스코피온호에 머물렀습니다. 하지만 아드님이 프리깃에 배정되기를 바란다는 사실을 해군 위원회에 전달했고, 아드님이 작은 배에서 경력을 충분히 채웠다고 판단되면 적절한 시기에 이동이 가능할 것입니다. 아드님은 현재 런던호를 타고 있으므로 다행히 머지않아 진급할 가능성이 크다고 확실히 말씀드릴 수 있겠습니다. 스펜서 경이 조만간 해당 구역의 인사 조정을 진행할 계획이며 아드님도 그 대상에 포함될 것이라 했기 때문입니다.”

자! 여기서 편지 마무리하고 목이나 매달려고. 앞으로 내가 어떤 글을 쓰든, 어떤 행동을 하든 언니에게 이보다 흥분되는 소식은 없을 테니까. 아무튼, 이번에야말로 오빠 소원이 이루어지려나 봐. 이 사실을 소식의 주인공에게 전할 수 없어 아쉬울 따름이지. 아버지는 발령이 나면 가급적 우리에게 알려 달라고 데이시에게 편지를 썼어. 언니의 가장 큰 소망도 이제 곧 이루어지겠네. 스펜서 경이 마사에게도 행복을 전할 수 있다면 언니의 가슴은 행복으로 가득 차겠지!

갬비어 제독의 기쁜 소식을 찰스에게도 똑같이 보냈어. 가여운 녀석, 그저 영웅의 겸손한 수행원으로 주저앉았지만 앞으로 펼쳐질 전망에 만족했으면 좋겠네. 제독의 편지를 보면 의도적으로 스코피온호에 두었던 것만 같아. 하지만 괜한 가정과 추측으로 나를 괴롭히면 안 되지. 사실만으로 기뻐해야겠어.

프랭크 오빠는 내게 편지를 보낸 11월 12일까지 우리 가족 편지를 10주째 받지 못했대. 세인트 빈센트 경이 지브롤터로 이동하는 바람에 말야. 하지만 임명장 수령은 우리 편지만큼 오래 걸리지는 않을 거야. 정부의 모든 공식 문서는 리스본에서 육로를 통해 주기적으로 세인트 빈센트 경에게 전달되니까 말이야.

오늘 아침에 매니다운에서 돌아왔어. 어머니 상태는 떠날 때보다 더 나빠지진 않았어. 추운 날씨에 힘들어하셨지만, 그거야 어쩔 수 없지. 매니다운에서는 캐서린과 조용히 즐거운 시간을 보냈어. 블랙퍼드 양은 나름 상냥하더라. 사람들이 상냥하지 않았으면 좋겠어. 내가 억지로 좋아할 필요 없게. 목요일에 도착하니 캐서린과 블랙퍼드 양뿐이었어. 함께 식사를 하고 워팅으로 가서 클라크 부인의 보살핌을 받았지. 레이디 마일드메이와 장남, 호어 부부도 같이 있었어.

우리의 무도회는 아주 소박했지만 그렇다고 재미가 없지는 않았어. 총 31명이 참석했고 11명이 여성이었는데 그중 미혼은 다섯에 불과했지. 내 파트너의 이름을 들으면 어떤 신사들이 왔었는지 짐작이 갈 거야. 우드 씨, G. 르프로이, 라이스, 버처 씨(템플 가족과 같이 왔는데 11대대의 경용 기병은 아니고 선원이야), 템플 씨(템플 가족 중에 끔찍하지 않은 사람), 윌리엄 오드 씨(킹스클리어에서 온 남성의 사촌), 존 하우드 씨, 그리고 언제나처럼 모자를 들고 나타나서 간간이 캐서린과 내 뒤에 서서 이야기하면서 춤을 추지 않는다고 구박을 받고 잔소리를 들은 컬랜드 씨. 하지만 우리가 놀리는 통에 결국 춤을 추고 말았어. 오랜만에 다시 보니 반갑더라. 저녁 내내 분위기를 주도하고 여기저기 추파를 던지더군. 그리고 언니 안부를 물었어.

총 스무 곡이 나왔는데 나는 한 곡도 빠지지 않고 다 췄어. 전혀 피곤하지 않았어. 내가 그렇게 오래 춤을 출 수 있다는 사실에 기쁘고 또 뿌듯했어. 애시퍼드에서 열린 무도회들이 개인적으로 썩 즐겁지 않아서(춤이 목적인 모임으로서 말이야) 내게 이런 능력이 있는 줄 몰랐네. 하지만 날이 쌀쌀하고 춤을 추는 사람이 몇 쌍 없다면 일주일 내내 춤을 춰도 30분밖에 추지 않은 기분일 것 같아. 르프로이 부인이 내 검은 모자를 보고 큰소리로 칭찬해 줬는데 다른 사람들도 속으로는 같은 생각을 했을 거라 믿어.

에드워드 오빠 어쩌면 좋아! 이 세상에 부족함이라고는 하나 없는 사람이 건강만큼은 가지지 못하다니 너무 안됐어. 그래도 위장병, 현기증, 구역증의 도움으로 건강이라는 축복을 되찾기를. 만약 내 가설처럼 배출해야 할 것이 막혀 있어 생긴 신경 질환이라면, 오빠의 이런 증상이 오히려 약으로 작용할지도 몰라. 진심으로 그러기를 빌어. 에드워드 오빠는 그 누구보다도 순수한 행복을 누릴 자격이 있는 사람이니까…….

해군 위원회는 우리 가족의 요청에 질리고도 남을 거야. 찰스도 스펜서 경에게 전출을 원한다는 편지를 썼대. 각하께서 격노하셔서 우리 중 몇 명의 목을 치라 명령하지는 않을는지…….

언니에게는 더 긴 편지를 써야 하지만 존중해야 마땅한 사람들을 존중하지 못하는 게 내 불행한 운명인가 봐……. 하나님의 축복이 있기를!

사랑을 담아
제인 오스틴

수요일

어제 눈이 완전히 그쳐서 딘에 갔다가 밤 9시에 작은 마차를 타고 집에 돌아왔는데 날씨도 그리 춥지 않았어.

글 쓰는 게
즐겁지가 않아

1799년 1월 8일 화요일, 스티븐턴에서

켄트 파버셤 고드머셤 파크
오스틴 양 앞

친애하는 커샌드라 언니에게

앞으로는 언니가 쓴 편지를 내게 보내기 전에 다섯 번 이상 읽어 보도록 해. 내가 느끼는 재미를 언니도 느낄 수 있을 테니. 지금 답장하는 편지에서도 웃음이 터진 부분이 한두 군데가 아니었어.

찰스는 아직 도착하지 않았지만 오늘 아침에는 반드시 와야 할 거야. 안 그러면 내게 무슨 짓을 당할지 모르니까. 켐프숏 무도회가 오늘 저녁이야. 찰스 초대장을 받아는 놓았는데 파트너를 구해 줄 생각까지는 미처 못 했네. 하지만 찰스는 엘리자 베일리와 사정이 다르지. 누구처럼 죽어 가는 게 아니니 스스로 파트너를 구할 수 있을 거야. 전에 무도회 날이 월요일이라고 말한 것 같은데 이번 일뿐만 아니라 나 때문에 착각하게 된 모든 일에 대해 사과할 테니 부디 부족한 나를 용서해 줘.

엘리자베스가 내 곡을 무자비하게 헐뜯던데 그 벌로 장차 엘리자베스에게 곡이 필요해지면 내가 다 써 준다고 우겨야겠어. 그렇게 하면 나도 동시에 벌을 받는 건가.

에드워드 오빠의 수입이 좋다니 좀 기쁘네. 언니와 나를 제외한 사람이 부자가 되었다는 소식을 들었을 때 정도의 기쁨이랄까. 오빠가 언니에게 줬다는 선물 이야기에는 진심으로 행복했어.

오늘 밤은 내 흰색 새틴 모자 대신 마마룩 모자(터번처럼 생긴 이집트풍의 모자—옮긴이)를 쓰려고 해. 찰스 파울이 메리에게 선물한 모자인데 메리가 빌려줬거든. 요새 유행이야. 오페라에서도 쓰고, 핵우드 무도회에서 레이디 밀드메이스도 쓰더라고. 자세히 묘사하기는 귀찮은걸. 언니라면 어떤 모자인지 짐작할 수 있을 거야. 가운이 제작되기를 기다리는 동안 끔찍이도 괴로웠지만 예상보다 잘 버텨냈어. 내 가운은 언니가 내게 잘 어울린다고 말하던 파란색 가운과 거의 똑같은 형태에서 몇 가지만 변형했어. 소매를 짧게 줄이되 감싸는 천을 더 풍성하게 만들고 앞치마를 둘렀지. 마지막으로 같은 천으로 띠를 둘러 완성도를 높였어.

브라이턴에 간다고 생각하면 나도 언니만큼이나 두렵지만 어떤 일이 일어나서 못 가게 되지 않을까 하는 희망의 끈을 붙잡고 있어.

F.가 B.에서 낙선했어. 그 가족은 한동안 사교 활동을 못 하지 않을까 싶어. 그 집도 봄에 바스에 간다던데 내려가는 길에 엎어져 여름 내내 드러누워 지낼지도 모르겠다.

수요일

감기에 걸린데다 며칠 전부터 한쪽 눈도 이상해

글을 쓰는 게 즐겁지도, 별 도움이 되지도 않는 상태야. 내 힘으로는 편지를 완성하지 못할 것 같아. 어머니께서 대신 써 주신대. 켐프솟 무도회도 어머니에게 넘겨야겠어.

내가 애시 파크 코프스 숲에서 헐버트 부인의 하인에게 살해당할까 언니는 크게 걱정하지 않았으니, 정말 그렇게 됐는지 아닌지 알려 주고 싶지는 않네. 그날 밤, 다음 날 밤에도 집으로 돌아가지 않았다고만 이야기할게. 마사가 자기 침대에 내가 누울 자리를 만들어 준 덕분이지. 새로 꾸민 아기방에 있는 간이 침대 말이야. 보모와 아기는 바닥에서 잤고 우린 조금은 혼란스럽지만 아주 편안한 밤을 보냈어. 둘이 써도 남을 정도로 침대가 널찍해서 새벽 2시까지 나란히 누워 수다를 떨다 늦게까지 푹 잤지. 마사에 대한 애정이 깊어졌어. 마사가 돌아왔을 때 가능하면 만나러 가려고. 우리는 목요일에 하우드네에서 다 같이 저녁 식사를 하고 다음 날 아침 해산했어.

눈이 불편하니 너무 지루하다. 금요일 이후로 책을 읽을 수도 없고, 뭐 하나 편하게 하지도 못하고 있어. 그래도 한 가지 이점은 있어. 감기가 나을 때쯤에는 음악의 달인이 될 것 같거든. 내년 여름 이스트 웰에서 루프 씨 자리를 대신 차지할 수 있을 만큼 완벽한 실력을 갖추게 될 거야. 해리엇이 말만 하면 엘리자베스의 추천은 확실히 받아 놓았다고 할 수 있지. 내 그림 실력을 보여 주는 샘플은 편지에 넣었어. 이제 여기에 복잡한 별자리 이름만 붙이면 돼.

메리가 자기 자식의 외모에 점점 이성을 찾아가고 있어. 엄청난 미남이라고 생각하지 않는데. 하지만 나는 저 겸허한 발언이 W.의 엄마와 비슷한 종류인 것 같아. 디너 파티에 더 많이 참석할 거라는 말은 메리에게 들었을 거야. 내일 비그 가족과 홀더 씨가 그곳에서 저녁 식사를 할 예정이고 나도 가서 만날 거야. 거기서 자고 오려고 해. 캐서린이 모임에 자기 이름을 붙이는 영예를 얻었고 구성원은 위더 둘, 히스코트 둘, 블랙퍼드 하나야. 비그 가족 중에서는 캐서린 혼자 참여할 거고. 캐서린은 어젯밤 진심으로 기쁜 듯이 프랭크 오빠의 승진을 축하해 줬어.

귀여운 조지! 흙으로 얼굴을 빚는 데 독창적인 재주가 있다니 기쁘다. 조지가 만든 노란 인장도 정말 예쁘더라. 언니가 다음에 보낼 편지의 인장도 조지가 골라 주었으면 해. 어젯밤 나는 녹색 신발을 신고 하얀 부채를 들고 갔어. 그건 조지가 강물에 던지지 않아서 다행이야.

나이트 부인이 에드워드 오빠에게 고드머셤 영지를 넘긴 걸 두고 아주 관대한 행동이었다고 할 수는 없어. 여전히 거기서 나오는 수입을 차지하고 있잖아. 과대평가 받는 일 없도록 이 사실을 알려야 해. 나는 둘 중에 더 관대한 쪽을 고르자면 그런 부담을 안고 사임을 수락한 에드워드 오빠라고 생각해.

편지를 쓰고 있으니 눈이 점점 괜찮아진다. 증상이 사라질 때까지 계속 쓸까 봐. 어머니가 펜을 가져가기 전에.

어젯밤 브램스턴 부인 집의 가벽이 있는 작은 방은 브램스턴 부인, H. 블랙스톤 부인과 두 딸에 나까지 들어서니 꽉 찼어. 블랙스톤 자매는 참 별로야.

뭐, 애초에 나도 그들을 좋아하지 않기로 마음먹었으니 의미 없는 말이지. 브램스턴 부인은 굉장히 다정하고 친절한데 수다스럽더라. 나는 무척 즐거운 저녁을 보냈어. 매니다운 사람들과 어울릴 때 특히 더. 저녁 식사는 작년과 비슷했고 의자가 부족한 점도 작년과 같았어. 공간이 협소할 정도로 춤을 추는 사람이 많았고. 그게 훌륭한 무도회의 절대적인 조건이긴 하지.

나는 춤 신청을 많이 받지는 못했던 것 같아. 어쩔 수 없을 때나 내게 와서 춤추자고 하더라. 사람 형편이라는 게 별다른 이유 없이 달라지기도 하니까. 체셔에서 온 장교라는 굉장히 잘생긴 신사가 나를 무척이나 소개받고 싶어 한다는 말을 들었는데 수고롭게 실행에 옮길 만큼 진심은 아니었나 봐. 사이가 발전할 여지 자체가 없었어.

존 우드 씨와 또 춤을 췄고 윈체스터에서 온 사우스 씨라고, 그 교구의 주교와 아무 관련이 없는 남자와는 두 번 춤을 췄어. G. 르프로이, J. 하우드와도 춤을 췄는데 아무래도 나를 향한 하우드의 호감이 예전보다 커진 느낌이야. 내가 한 제일 웃긴 행동은 볼턴 경의 장남과 파트너를 하지 않으려고 두 곡이 흐를 동안 가만히 앉아 있었던 거야. 춤을 너무 못 춰서 견딜 수가 없었어. 차터리스 양도 참석해 에덴스 양 대신 굉장한 활기를 보여 줬어. 찰스는 결국 오지 않았고. 못된 녀석! 제시간에 교대하지 못했나 봐.

데버리 양이 언니의 도화지 두 장을 더 크고 품질 좋은 종이로 바꿔 줬어. 가져갔다고 원망했는데 이제는 아니야. 루드로 씨와 앤도버에서 온 퓨 양이 최근에 결혼했어. 베이싱스토크의 스키트 부인과 레딩의 약사 프렌치 씨도.

『첫인상』(『오만과 편견』의 초기 이름—옮긴이)을 다시 읽고 싶다고? 역시 그럴 줄 알았어. 끝까지 읽은 적도 별로 없고 그마저도 오래전 일이잖아. 언니 생각이 정 그렇다면 내가 입던 페티코트를 남겨 줄게. 오래전부터 내심 그러고 싶었지만 부탁할 용기가 나지 않았어.

다음 편지에는 제발 마리아 몽트레조의 연인이 누

구인지 알려 줘. 어머니가 궁금해하시는데 나는 전에 받은 언니 편지를 뒤져서 알아낼 자신이 없거든.

이 편지는 내일에나 보낼 수 있을 것 같아. 언니는 금요일에 실망하겠지. 정말 미안하지만 나도 어쩔 수가 없어.

제프리스, 투머, 레지의 동업 관계가 깨졌어. 투머와 레지는 완전히 빈털터리가 되었고, 제프리스도 조만간 파산하기를. 그에게 돈이 묶여 있는 여자 몇 명을 위해서라도 말이야. 언니가 즐거운 생일을 보내기를 스무 번은 더 빌어.

오늘 이 편지를 부칠 수 있게 됐어. 그로써 나는 인간이 누릴 수 있는 행복의 정점을 찍고 번영의 햇살을 가득 쬐게 될 거야. 언니가 배운 언어 중 쾌감을 뜻하는 더 괜찮은 표현이 있으면 알려 줘. 종이를 끝까지 채우지 않았다고 화내지는 마.

진심으로 언니를 사랑하는 동생

J. A.

바스에서
굶어 죽을 일은
없겠어

1799년 5월 17일 금요일, 퀸스 스퀘어 13번지에서

핸츠 오버턴 스티븐턴
오스틴 양 앞

친애하는 커샌드라 언니에게

어제의 여정은 매우 순조로웠어. 걱정할 일도, 지체될 일도 없었지. 길이 아주 잘 정리되어 있었고 가는 내내 좋은 말들을 타고 4시쯤 디바이지스에 무탈히 도착했어. 앤도버에서 떠날 때 우리가 어떻게 나뉘었는지는 존에게 들었을 거야. 이후에 변동은 없었어. 디바이지스에서는 편안한 방을 잡고 맛있는 식사를 했지. 우리는 5시 무렵 식탁에 앉았어. 아스파라거스, 랍스터를 비롯해 많은 음식이 나왔어. 언

니도 같이 왔으면 얼마나 좋았을까 생각할 만큼. 아이들은 치즈 케이크를 얼마나 좋아하던지, 디바이지스에 대한 좋은 기억을 앞으로 오랫동안 못 잊을 거야.

지금은 바스야. 1시쯤 도착해 조금 있다가 집으로 가서 방을 선택했어. 집은 전체적으로 아주 만족스러워. 엘리자베스는 딱하게도 디바이지스에서 오는 동안 힘들어했어. 거의 내내 비가 왔거든. 바스의 첫인상은 지난해 11월과 마찬가지로 우중충하네.

할 말이 너무 많은데, 다 중요한 것들이라 무슨 말부터 해야 할지 모르겠다. 그러니 일단은 아이들과 식사부터 하러 갈래.

오는 길에 패러곤에 들렀지만 길이 너무 축축하고 지저분해서 내리지는 못하고 프랭크 오빠만 잠깐 봤어. 삼촌 부부의 건강이 썩 좋지 않지만 어젯밤에는 평소보다 조금 나았다고 해. 패러곤에서는 폴리 부인과 노란색 솔을 바람에 말리는 다우더스웰 부인을 만났고, 킹스다운 힐 아래에서는 사륜차를 탄 신사와 마주쳤어. 그런데 자세히 보니 홀 박사인 거야. 어쩌나 깊은 슬픔에 빠져 있던지 꼭 어머니나 아내, 아니면 본인 상을 당한 것처럼 보였어. 직접 눈으로 본 지인은 이들이 전부야.

내 트렁크 때문에 성가신 일이 생길지도 몰라. 몇 시간 전에는 더 성가셨지. 트렁크가 너무 무거워서 토머스와 레베카가 디바이지스에서 타고 온 마차에 실을 수 없었거든. 다른 마차에 싣기에도 무거웠고, 한동안은 가방을 실어 줄 만한 마차 소리도 들리지 않았어. 그러다 불행히도 이곳으로 막 출발하려는 마차를 하나 발견했는데, 트렁크는 내일이나 되어야 도착할 수 있어. 아직까지는 안전해. 또 무슨 일이 일어나서 더 지연될지 누가 알겠냐마는.

메리의 편지는 앤도버 우체국에서 내 손으로 직접 부쳤어.

우리는 이 집에 대단히 만족하고 있어. 방이 예상한 만큼 널찍해. 브롬리 부인은 상복 차림의 뚱뚱한 여인이고, 자그마한 검은 고양이 한 마리가 계단을 마구 뛰어다녀. 엘리자베스가 거실 안쪽 구석에 있는 방을 쓰게 됐어. 엘리자베스는 어머니에게 그 방을 쓰시라 했지만, 안쪽 방에는 침대가 없고 이 집 계단 경사가 완만하기 때문인지 아니면 어머니가 패러곤에 있을 때보다 기운이 나 2층까지 너끈히 올라올 수 있기 때문인지, 우리가 위층을 쓰기로 했어. 큼지막한 방이 두 개 있고 칙칙한 색 이불을 비롯해 모든 게 편안해. 당연히 바깥쪽에 있는 더 넓은 방이 내 방이야. 집에 있는 우리 침실과 비슷한 크기지. 어머니 방도 그에 비해 좁지는 않아. 침대들도 스티븐턴에 있는 것만큼 크고, 내 방에는 아주 근사한 서랍장이 있어. 선반으로 가득한 옷장도. 선반이 너무 많아서 다른 건 넣을 수가 없다니까. 옷장이 아니라 찬장이라고 불러야 할 지경이야.

메리에게 전해 줘. 오늘 아침 디바이지스 여관에서 작업 중인 목수를 몇 명 봤지만 W. 파울 부인의 친척인지 확신할 수 없어서 아는 척하지 않았다고.

오늘 오후 날씨는 무난하기를 빌어. 처음 왔을 때

는 모두 우산을 펴고 있었지만 이제는 인도가 다시 하얗게 변하고 있어.

여행 중에 어머니 컨디션이 더 나빠지지는 않을 것 같아. 우리 모두 그래. 에드워드 오빠는 어젯밤 조금 지쳐 보였고 아침에도 기운이 없었지만 분주히 차, 커피, 설탕 등을 주문하고 나가서 치즈를 맛보고 나면 괜찮아질 거야.

어제 신문을 보니 이곳에 도착한 사람들 명단이 길게 실려 있더라고. 오자마자 외톨이가 될까 걱정할 필요는 없겠어. 또 매일 아침 시드니 가든스에서 아침 식사 행사가 열린다니 굶어 죽지도 않을 거야.

방금 엘리자베스가 조카 녀석들 셋에 관해 아주 좋은 이야기를 듣고 왔어. 언니는 바쁘고 편안한 생활을 하고 있기를. 이제 내 눈은 문제없이 잘 감기고 있어. 이곳 환경이 너무나 마음에 들어. 패러곤보다 훨씬 쾌적하고 지금 거실 창문 앞에서 편지를 쓰고 있는데 전망이 마치 한 폭의 그림 같아. 브록 스트리트의 왼편이 내다보이는 위치거든. 퀸스 퍼레이드 끝 집 정원에 있는 롬바르디 포플러 세 그루는 풍경을 끊어 주는 역할을 하고 있어.

내가 가진 제일 좋은 드레스의 운명이 어떻게 될지 빨리 알고 싶지만 프랜시스가 트렁크를 가져오는 데 며칠은 더 걸리겠지. 그때까지는 그 드레스를 힘들게 만들어 준 언니에게 깊은 감사를 전하려고 해. 실크 스타킹에 무늬를 넣어 준 것도 고마워.

애정을 담아
제인

추신
모두에게 안부 전해 줘.

사람의
마음을
움직이려면

∿

1799년 6월 2일 일요일, 퀸스 스퀘어 13번지에서

스티븐턴
오스틴 양 앞

친애하는 커샌드라 언니에게

언니 편지 하나와 메리 편지 하나를 감사히 받았어. 메리 편지는 어제 언니 편지를 받으려고 비둘기 바구니(편지, 소포 등을 운반하는 바구니를 일컫는 오스틴 가족의 별칭—옮긴이)를 살펴보다 겨우 발견했지만. 메리가 편지를 보냈어야 하는 시점 이후에 내가 편지를 보냈으니, 메리는 내게 빚을 졌다고 생각해야 할 거야. 나는 그렇게 생각하기로 했어.

얼마 안 되는 판단력을 전부 발휘해 애나가 마음

에 들어 할 스타킹을 열심히 골라 볼게. 하지만 마사의 요청을 받아들여야 할지는 잘 모르겠어. 구두 주문은 하고 싶지 않아서 말이야. 어쨌든, 주문한다면 전부 굽이 없는 납작한 신발로 할 거야.

에드워드 오빠에 관해서는 무슨 말을 해야 할까? 진실? 아니면 거짓? 일단 진실을 말할게. 이후에는 언니가 선택하든지 해. 어제는 며칠 전에 비해 오빠의 상태가 많이 호전됐어. 스티븐턴에 있을 때만큼이나 괜찮은 모습이었거든. 헤틀링 펌프에서 온천수를 마시고 내일은 온천욕을 할 계획이야. 화요일에는 전기 치료를 시도할 거고. 펠로우즈 박사님에게 오빠가 직접 제안한 건데 박사님도 반대하지 않았어. 하지만 우리 모두 말은 하지 않아도 효과가 있겠냐는 생각이야. 현재로서는 이곳에 한 달 이상 머물 이유가 없을 것 같아.

지난주에는 찰스에게 연락을 받았어. 수요일에 출항할 거래.

어머니는 아주 건강해 보여. 삼촌이 처음에 무리

해서 걷는 바람에 당분간 가마에 앉아 이동하게 되었지만 그것만 빼면 아무 문제없어.

내 망토가 도착했어. 마음에 쏙 들어. 그리고 나도 이제 건초를 수확할 때의 J. 본드처럼 기쁘게 외칠 수 있게 됐어. "이게 바로 내가 3년 동안 찾아 헤매던 거야!" 어제는 바스 스트리트에 있는 상점에서 1야드에 4페니밖에 하지 않는 거즈를 발견했어. 하지만 내 것만큼 질이 좋거나 예쁘지 않더라. 장식은 원래 꽃이 인기인데, 과일이 더 유행이래. 엘리자베스도 딸기를 한 묶음 가지고 있어. 나는 포도, 체리, 자두, 살구를 둘러봤어. 식료품점에 아몬드, 건포도, 프랑스 자두, 타마린드가 있긴 했지만 그런 것들이 모자 장식으로는 나와 있지 않더라고. 자두는 3실링이고 체리와 포도는 5실링 정도 할 거야. 하지만 고급 가게들이니 그 가격이지. 숙모가 월콧 교회 근처에 아주 저렴한 곳이 있다고 해서 언니 선물을 찾으러 가 볼까 해. 펌프룸(온천에서 광천수를 마시는 방—옮긴이)에 나이 든 여성은 한 명도 없더라.

엘리자베스에게 모자를 받았어. 그냥 예쁜 모자가 아니라 스타일까지 좋은 모자야. 엘리자의 모자와 비슷하지만 소재가 전부 밀짚이고 가느다란 보라색 리본이 달려 있어. 물론 이 설명만으로는 언니가 생김새를 제대로 이해할 수는 없을 거야. 내가 어떤 경우라도 명확하게 설명해 주는 사람이었나? 그럴 리가 없지! 이 얘기는 그만 써야겠어……

금요일 저녁은 메이플턴 가족과 보냈어. 내키지 않지만 의무감 때문에 어쩔 수 없이 즐긴 거야. 우리는 6시에서 8시까지 비컨 힐을 오르고 들판을 가로지르며 아주 멋진 산책을 했고 아담한 녹색 계곡에 정겹게 자리한 마을 찰콤에 도착했어. 이름과 딱 어울리는 분위기의 마을이었지. 메리앤은 현명하고 지적이야. 제인도 예쁜 얼굴치고는 나쁘지 않고. 일행 중에는 노스 양과 굴드 씨도 있었어. 굴드 씨와는 차를 마시고 집까지 같이 걸어왔고. 이번에 옥스퍼드에 입학한 청년인데 안경을 쓰고 『에블리나 Evelina』 작가가 존슨 박사라는 얘기를 들었대(『에블리나』는 제인 오스틴이 영향을 받은 영국의 소설가 프랜시스 패니 버니의 작품으로, 청년은 해당 작품의 평론을 쓴 새뮤얼 존슨을 작가로 잘못 알고 있다—옮긴이).

마사 신발을 집까지 가져갈 수 없을 것 같아. 올 때는 트렁크에 공간이 충분했지만 돌아갈 때는 짐이 늘어날 테니 말이야. 내 짐 말고도 물건 넣을 공간을 마련해야 하지 않겠어?

화요일에는 시드니 가든스에서 성대한 행사가 열릴 예정이야. 연주회에다 일루미네이션, 불꽃놀이도 있을 거래. 엘라자베스와 나는 불꽃놀이를 손꼽아 기다리고 있어. 평소에는 그냥 그렇던 음악회도 끌리는 거 있지. 정원이 넓으니 멀리 있어도 소리가 충분히 퍼질 테니 말이야. 아침에는 윌러비 부인이 크레센트에서 기마 의용병인지, 아무튼 어떤 부대에 깃발을 수여할 거래. 그런 축제에 걸맞은 시작이 될 테니 우리도 가 보려고⋯⋯.

마사와 르프로이 부인이 우리 모자의 패턴을 갖

고 싶어 한다니 좀 뿌듯하지만 언니가 진짜로 쳤다는 건 영 못마땅하네. 사람의 마음을 움직이려면 소망, 그중에서도 강한 소망이 필요해. (언니가 혼쾌히 들어주면 이제 그들은 전에 비해 절반도 순수하지 않은 새로운 소망을 품게 되겠지.) 잊지 말고 프랭크 오빠에게 편지를 써야겠다. 의무와 사랑 등등을 담아서.

사랑하는 동생
제인

추신

언니가 이렇게 자주 편지를 보낸다는 걸 알고 삼촌이 놀라더라. 하지만 우리가 편지를 자주 주고받는다는 사실을 마사네 삼촌이 모르는 한 우리 삼촌은 아무 걱정하지 않아도 돼.

기분이 좋아,
남들의 절반만큼

1799년 6월 11일 화요일, 퀸스 스퀘어 13번지에서

핸츠 오버턴 스티븐턴
오스틴 양 앞

친애하는 커샌드라 언니에게

어제 언니 편지를 받고 얼마나 행복했는지 몰라. 딘의 불결함에 동참하지 않고 무사히 탈출했다니 진심으로 기뻐. 우리가 이곳에 더 오래 머물게 된 것도 나쁘지 않게 됐네. 다음 주면 떠날 거라고 웬만큼 확신하지만 27일 목요일까지 남아 있을 가능성도 없지는 않아. 올여름에 방문하기로 계획한 곳이 많은데 어떻게 해야 할지 모르겠네! 애들스트롭, 하든, 북햄은 타협을 좀 하고 싶은 마음이 들어. 마사가 스

티븐턴에서 여름을 보내니 그곳들을 방문한 셈 치는 거지.

에드워드 오빠는 지난 일주일간 나름대로 잘 지냈어. 물이 여러모로 잘 맞아서 결과적으로 좋은 효과를 얻지 않을까 하는 희망이 생기네. 다른 사람들도 우리의 기대에 힘을 실어 주고 있고 말이야. 하나같이들 온천수가 안 좋은 영향을 줄 리 없대. 이곳에 있을 때보다 나중에 효과를 본 경우가 많다는 거야. 오빠는 생각보다 이곳에서 편하게 지내고 엘리자베스도 마찬가지야. 둘 다 떠난다고 하니 더 기뻐하는 눈치기는 하지만. 엘리자베스가 특히 기뻐하는데 이유를 알 것 같아. 피오치 부인(제인 오스틴이 사랑했던 작가 헤스터 피오치—옮긴이)은 그 정도로 충분하지. 이 편지를 처음부터 끝까지 피오치 부인처럼 써 볼까도 생각했지만 그러지 않으려고.

비록 언니가 언니의 잔가지 장식에 대한 권한을 전부 내게 넘겨줬지만 뭘 어떻게 할지 못 정하겠어. 그러니 이 편지와 앞으로 보낼 모든 편지로 언니의 추가 지시를 받으려고 해. 저렴한 물건이 많은 가게에 가서 가격이 아주 괜찮은 물건을 발견했는데 꽃만 달려 있고 과일은 없었어. 오를레앙 자두가 달린 장식 하나 값으로 네다섯 개를 살 수 있을 정도로 가격이 싸. 그러니까 3~4실링이면 집에 가져갈 수도 없을 만큼 많은 장식을 살 수 있어. 하지만 언니의 답을 들어야 결정을 하든 말든 하지. 또 머리에서 과일보다는 꽃이 돋아나는 편이 더 자연스럽지 않을까 하는 생각도 드네. 언니 의견은 어때?

무슨 일이 있어도 다시는 마사에게 『첫인상』을 보여 주지 않을 거야. 언니 손에 맡기지 않은 게 얼마나 다행인지. 마사는 약아빠졌지만 내 눈에는 속셈이 다 보여. 내용을 기억해서 출판하려는 속셈이야. 한 번 더 제대로 정독하면 얼마든지 가능할 것 같지 않아? 『피츠앨비니 Arthur Fitz-Albini』(새뮤얼 에저턴 브리지스의 저서 — 옮긴이)는 집에 가면 돌려줄 거야. 단, 엘리엇 씨가 랜스 씨보다 더 잘생겼고 흑발보다 금발이 낫다는 사실을 인정해야 할 거야. 나는 기회가 있을 때마다 마사의 편견을 뿌리 뽑기로 아주 작정했거든.

벤저민 포털이 여기 있어. 멋지게도! 정확한 이유는 모르겠어. 그 말이 자연스럽게 떠올라 나도 모르게 써 버렸네. 며칠 전에 어머니가 그를 봤는데 아는 척을 하지는 않았대.

내 레이스가 마음에 들었다니 다행이야. 언니도, 마사도, 우리 다 기뻐할 일이지. 나는 언니 망토를 집에 가져왔어. 그래서 기분이 좋아. 사람들이 기분 좋다고 하는 상황들의 절반만큼.

나 오늘 왜 이러지. 조용히 글을 쓸 수가 없네. 쉴 새 없이 돌아다니며 탄성 같은 걸 내지르게 돼. 딱히 할 말이 없기 망정이지.

지난주 어느 저녁에는 웨스턴까지 걸어갔어. 너무 좋더라. 뭐가 너무 좋았냐고? 웨스턴이? 아니, 웨스턴까지 걸어가는 것이 말이야. 내가 제대로 표현하지 않더라도 언니는 이해해 주었으면 해.

최근에는 공공장소를 간다거나 바스 퀸즈 스퀘어 13번지의 평범한 일상에서 벗어난다거나 하는 일이 전혀 없었어. 그래도 오늘은 아주 놀라운 속도로 달려 나가 외식을 하려고 했는데 어쩌다 보니 가지 않았네.

에드워드 오빠는 요새 퀸스 퍼레이드에 사는 에블린 씨와 다시 친분을 맺고 있고 그 집 저녁 식사에도 초대를 받았어. 초대를 수락했다고 처음에는 엘리자베스가 못마땅하게 여겼나 봐. 하지만 어제 에블린 부인이 우리를 찾아왔는데, 태도에 기품이 넘쳐서 다들 그 집에 방문하는 걸 기대하게 됐어. 비그 가족이 근사한 여인이라고 칭할 법한 사람이야. 그런데 어제 몸이 좋지 않았던 에블린 씨의 상태가 오늘 악화되어 식사가 연기됐어.

살림하는 사람에게 집안일에 대해 참견하면 무례한 짓이라는 건 알지만, 감히 한마디 하자면 에드워드 오빠가 스티븐턴에 있는 동안에는 매일 커피 분쇄기가 필요할 거야. 아침 식사 때마다 커피를 마시더라고.

패니가 언니에게 사랑한다고 전해 달래. 할아버지, 애나, 해나에게도. 특히 해나를 꼭 기억해 달라고 했어. 에드워드 오빠는 언니, 할아버지, 애니, 꼬마 에드워드, 제임스 삼촌 부부에게 사랑을 전한다고 했고. 또 칠면조와 오리와 닭과 뿔닭도 다 잘 있기를 바란대. 언니가 인쇄된 편지를 보내 주면 정말 고맙겠다고도 했어. 패니도 마찬가지야. 둘 다 답장을 할 생각인 것 같아…….

가디너 박사가 어제 세 자매를 둔 퍼시 부인과 결혼했어.

지금부터는 메리의 베일에 관한 이야기를 들려줄게. 그 베일을 사는 데 언니도 상당 부분 개입하도록 끌어들인 죄가 있으니 언니를 위해서라도 꽃에는 돈을 아껴야겠지. 반 기니에 모슬린 베일을 사는 건 어렵지 않았어. 그런데 사고 나서 보니 모슬린이 두껍고 지저분하고 해진 거야. 어떻게 그런 걸 선물로 주겠어? 그래서 최대한 빨리 교환했지. 내 경솔함 때문에 이런 일이 벌어졌다는 점을 고려하면 16실링에 검은색 레이스 베일을 구한 것은 행운이라고 생각해. 그 액수의 절반이 올케에 대한 애정이라는 제단

에 언니가 바치려 했던 금액을 크게 넘지는 않기를
빌어.

사랑하는 동생
제인

추신

매니다운에서 언니를 많이 힘들게 하지는 않나 보네.
오래전부터 그들과 싸우고 싶었는데 이번 기회를 이
용해야겠어. 아무리 생각해도 변덕이 너무 심하잖아.
자기들 내킬 때만 언니와 함께하려고 하다니.

우리 집은 바스에서
가장 완벽한 집이 될 거야

1801년 1월 3일 토요일, 스티븐턴에서

켄트 파버셤 고드머셤 파크
오스틴 양 앞

친애하는 커샌드라 언니에게

지금쯤 내가 마지막으로 보낸 편지를 받았을 테니 슬슬 새 편지를 써야겠지. 현재 내 마음을 가장 크게 차지하고 있는 소망으로 시작하려고 해. 온갖 즐거운 파티에 둘러싸여 있는 이때, 언니가 아침에 흰 드레스를 자주 입었기를 바란다는 소망 말이야.

지난 수요일 애시 파크에 방문해서는 별일 없었어. 그냥 르프로이 씨, 톰 슈트와 카드를 치다 집에 왔어. 다음 날에는 제임스 오빠와 메리가 집에서 함께 식사를 했고, 헨리 오빠는 밤에 우편 마차를 타고 런던으로 떠났어. 집에 와 있는 동안 언제나처럼 유쾌했고 로이드 양에게 점수를 잃지도 않았어.

어제는 우리 넷이 조용히 보냈어. 하지만 오늘은 즐겁게 떠들썩한 분위기야. 메리가 베이싱스토크까지 마사를 태워 가고, 마사는 딘에서 저녁을 먹을 거래.

하녀 두 명을 두기를 기대하는 어머니의 마음은 확고해. 이 사실을 모르는 사람은 아버지 하나야. 우리는 믿음직한 요리사와 어리고 발랄한 하녀를 고용할 계획이야. 중년 남성도 함께. 그는 차분한 성격으로 요리사의 남편이자 하녀의 연인으로서 이중생활을 하게 될 거야. 당연히 어느 쪽에도 자식이 있어서는 안 되고.

존 본드를 동정할 필요는 없어. 험담하는 꼴이 되어 유감이지만, 그는 자신이 좋은 곳에 갈 수 있다고 믿어 의심치 않아. 몇 년 전에는 페인 농장에서 아버지 밑에서 일하는 걸 그만두고 언제든 자기네 농장으로 오라는 제안을 받은 적 있다는 말도 했는걸.

바스에서 우리가 집을 구할 가능성이 있는 곳은 세 군데야. 웨스트게이트 단지, 찰스 스트리트, 또 로라 플레이스나 펄트니 스트리트에서 시작되는 짧은 거리들.

웨스트게이트 단지는 바스 아래쪽에 있지만 위치 자체가 나쁘지는 않아. 길도 널찍하고 전경이 예쁜 편이지. 하지만 나는 찰스 스트리트가 더 좋다고 생각해. 대부분 신축 건물이고 킹스미드 필즈와 가까워서 환경도 쾌적할 거야. 언니가 기억할지, 잊었을지 모르겠지만 찰스 스트리트는 퀸스 스퀘어 교회에서 두 개의 그린 파크 스트리트로 이어지는 길이야.

로라 플레이스의 집들은 우리 예산을 초과할 거야. 게이 스트리트는 더 비싸겠지. 언덕 아래쪽에 있는 왼쪽 집은 예외일까. 어머니는 그 집이 싫다고 하지 않으셔. 예전에 방의 상태가 상대적으로 좋지 않아서 같은 길에 있는 다른 집들보다 세가 저렴했거든. 하지만 어머니가 현재 가장 원하는 건 프린스 스트리트 초입에 있는 채플 로우의 모퉁이 집이야. 물론 겉모습만으로 판단한 것이라 정말로 우리가 살기에 괜찮은 집인지는 확신하지 못하고 있어. 내 예상대로 언니가 불길한 예감을 표현하지도 않았는데, 언니 생각을 어떻게 아셨는지 결정할 동안 트림 스트리트는 최대한 피할 테니 안심하라셔.

페롯 부인은 우리가 옥스퍼드 단지에 들어가기를 원하지만 우리 다 그 동네는 특히 싫다는 의견이라 웬만하면 피하고 싶어. 지금까지 말한 곳들에 대해 에드워드 오빠와 의논해 보고 두 사람 각자의 의견을 들려줘. 간절히 기다리고 있을게.

우리 집에 있는 전쟁화, 닙스 씨와 윌리엄 이스트 경의 초상화, 집 안 여기저기에 있는 그 밖의 여러 가지 잡다한 필사본, 성경 구절은 제임스 오빠가 받기로 했어. 언니 그림들은 아무에게도 주지 않았고, 양철에 그린 그림 두 점도 언니 마음대로 해. 어머니가 그러는데 안방에 있는 프랑스 농사 판화를 에드워드가 여자 형제들에게 줬대. 언니나 에드워드도 아는 이야기야?

어머니가 숙모에게 편지를 써서 우리 다 애타게

답장을 기다리고 있어. 5월에 우리 둘 다 패러곤에 간다는 계획을 도저히 포기하지 못하겠단 말이야. 나는 언니가 반드시 가야 한다고 생각하고 나 혼자 남고 싶지도 않아. 여기나 근처에 머물고 싶은 곳도 없고. 물론 둘이 가면 혼자 갈 때보다 생활비가 더 들겠지만 별 차이 나지 않도록 바스의 빵으로 열심히 속을 버려 놓을게. 그리고 한 명이 가나, 두 명이 가나 숙소를 구하는 문제는 똑같이 어려울 거야.

첫 번째 계획대로면 어머니와 우리 둘이 먼저 내려가고 아버지는 2~3주 후에 합류할 거야. 가는 길에 입소프에서 이틀 정도 머물기로 약속했어. 다 같이 바스에서 만나 바다로 출발하기로 한 거, 언니도 알지? 아무리 생각해도 첫 번째 계획이 제일 좋은 것 같아.

아버지와 어머니는 우리 안방 침대만큼 좋은 침대를 바스에서 찾기 어렵다는 사실을 지혜롭게 깨달으시고는 침대를 가져가기로 결정했어. 그래, 우리가 써야 하는 모든 침대를 보낼 거야. 부모님 침대 말고도 우리 둘 침대, 손님방에 있는 제일 좋은 침대,

하인 침대 두 개까지. 침대는 꼭 필요하니까 이것들만 옮기면 되고 다른 물건은 가져갈 필요가 없을 듯해. 서랍장은 굳이 필요하지 않잖아. 거기서 훨씬 더 공간이 넉넉한 서랍장을 구할 수 있을 거야. 송판으로 만들고 칠도 깔끔하게 한 서랍장으로. 소소하지만 생활에 편리한 물건들을 이것저것 다 구비하게 되면 우리 집은 브리스틀을 포함해 바스에서 제일가는 완벽한 곳이 될 거라는 생각이 들어.

보조 탁자나 펨브룩 테이블 같은 가구도 가져갈까 생각해 봤는데 이동하는 수고나 위험을 생각하면 그곳에서 전부 다 새로 사는 편이 이득이라는 결론을 내렸어. 언니는 어떻게 생각하는지 알려 줘.

마사는 3월에 다시 찾아와 주겠다고 약속했어. 전보다 기운을 많이 차렸더라……

어머니는 바스 집에 가구를 놓는 일에 아예 신경을 쓰고 싶지 않으신가 봐. 그래서 언니가 기꺼이 맡을 거라 장담했지. 나는 우리가 이사를 간다는 현실을 조금씩 받아들이고 있어. 이 동네에 너무 오래 살았긴 해. 베이싱스토크의 무도회도 확실히 예전 같지 않잖아. 이사 준비로 떠들썩해진 분위기가 재미있어. 앞으로 바다나 웨일스에서 여름을 보낸다고 생각하니 기분이 날아갈 것 같다. 선원이나 군인 아내들이 종종 부러웠는데, 한동안 우리도 그런 삶을 누리게 되는 거야. 하지만 시골을 떠나서 별로 아쉽지 않다는 사실이나, 이곳에 남는 사람들에게 애정이나 관심이 없다는 사실은 알려지지 않았으면 해…….

월요일

마사가 안부 전해 달라면서 3월에 언니와 만날 수 있게 되어 얼마나 기쁜지 모르겠다고 했어. 가을에는 우리 둘이 같이 놀러와서 오래 머물다 갔으면 한대. 다음 편지는 아마도 일요일 이후에나 쓸 것 같아.

사랑하는 동생
J. A.

강요된 관용을
베풀고 싶지 않아

1801년 1월 8일 목요일, 스티븐턴에서

켄트 파버셤 고드머셤 파크
오스틴 양 앞

친애하는 커샌드라 언니에게

이전 편지의 "아마도"는 추측에 불과하니 화요일 전에 이 편지를 받아도 깜짝 놀라지는 않겠지. 별일 없다면 화요일 전에 도착할 거야. 이틀 전 커다란 인류애와 더 특별한 선의를 느끼며 언니 편지를 받았어. 읽기도 전에 대형 편지지를 보고 얼마나 많은 내용이 담겨 있을지 짐작할 수 있었어. 재미있으리라는 사실도. 언니가 썼으니 당연한 건가.

페인 씨가 세상을 떠난 지 오래됐더라고. 헨리 오

빠는 마지막으로 왔을 때 이미 조문을 다녀왔대. 우리는 그때까지 전혀 모르고 있었지 뭐야. 왜 죽었는지, 어떤 병이었는지, 네 딸을 결혼으로 어떤 귀족 남성들에게 맡겼을지 하나도 듣지 못했어.

와일드먼네가 무도회를 연다니 잘됐네. 언니와 나를 위해서라도 몇 번의 입맞춤으로 입장권을 꼭 구입했으면 해. 언니 말처럼 캠브릭 모슬린은 나중에 사는 게 낫겠어. 내키지 않지만 자발적으로 제안을 받아들일게.

피터 데버리 씨가 딘의 부목사직을 거절했어. 자기는 런던 근처에 정착하고 싶대. 바보 같은 이유야! 엑서터나 요크와 비교하면 딘은 런던과 가까운 거 아니냐고. 전 세계로 따져 보면 딘보다 런던에서 먼 곳이 훨씬 더 많을 텐데. 글렌코나 캐서린 호수는 어떻게 생각할까?

이렇게 귀중한 승진 기회를, 이렇게 훌륭한 일자리를 거절했다는 게 화가 나! 다른 시골 마을들도 다 런던과 가깝다고 하는데 딘은 왜 그 사실을 보편적으로 인정받지 못하는 거람. 아무튼, 피터 데버리 씨가 말 그대로 베드로 역할을 자처했으니 다른 곳에서 후임을 찾아야 해. 아버지는 제임스 디그위드에게 부목사직을 제안하는 것이 마땅한 예의라고 생각하셨어. 그 자리는 그에게 바람직하지도, 적합하지도 않지만 말이야. 라이퍼드 양을 사랑한다면 모르겠지만 나는 그가 이 동네에 정착하지 말았어야 한다고 생각해. 또 라이퍼드 양을 진심으로 깊이 사랑한다면 모를까, 연봉 50파운드가 75파운드와 동등한 가치라고 생각하지 않을 거야.

언니 정말로 그 집 가구 중 하나 취급을 받은 거네! 하지만 에저턴 브리지스 씨나 로이드 부인이 언니를 설치한 적은 없잖아……

내게 줄 선물을 계획하다니 언니는 정말 다정한 사람이야. 어머니도 내게 똑같은 관심을 보내 주셨어. 하지만 나는 강요된 관용을 베풀고 싶지는 않아. 내가 직접 그 생각을 떠올리기 전까지는 애나에게 내 캐비닛을 주겠다고 결심하지 않을래.

지금은 시드머스에서 여름을 보내자고 얘기하고 있어. 그러니 C. 케이지 부인에게서 최대한 많은 정보를 얻어 줘.

아버지 밑에 있던 사람들이 벌써 아버지를 떠나 아들에게 아부하러 가고 있어. 우리가 이사하면 제임스 오빠가 받기로 했던 갈색 말은 물론 검은색 말까지도 그때를 기다리지 못하고 벌써 딘에 자리를 잡았고. 위그 카페의 죽음은 스킵시 씨의 죽음과 마찬가지로(둘 다 말의 이름이다 — 옮긴이) 안타깝지만 예상치 못한 일은 아니야. 애초에 그럴 의도였으니까. 그 덕에 말을 곧바로 넘겨받을 수 있었지. 다른 것들도 같은 방식으로 조금씩 가져갈 것 같아. 마사와 나는 매일 책을 정리하고 있어.

사랑하는 동생
J. A.

왜 그런 남자와
네 번이나
춤을 춘 거야?

1801년 1월 14일 수요일, 스티븐턴에서

오스틴 양 앞

오스틴 양, 딱하기도 하지! 최근에 내가 편지를 너무 자주 보내서 언니를 괴롭힌 게 아닐까 싶네. 화요일 전까지는 내 편지가 또 오지 않기를 바랐겠지만, 언니도 일요일에 깨달았겠지. 얼마나 무자비한 동생을 상대하고 있는지 말이야. 과거를 되돌릴 수는 없지만 앞으로는 편지를 너무 자주 보내지 않을게.

언니가 메리에게 보낸 편지는 메리가 어제 아침 마사와 함께 딘을 떠나기 전에 때맞춰 도착했어. 칠햄의 무도회가 즐거웠고 언니가 켐블 씨와 네 곡이

나 춤을 췄다는 소식에 우리 다 얼마나 기뻤는지 몰라. 바람직한 일이긴 한데 나는 왜 그렇게 됐는지 이해가 안 돼. 왜 그런 멍청한 남자와 네 번이나 춤을 춘 거야? 두 번쯤은 언니가 입장하자마자 언니에게 반했던 멋진 장교와 춰도 되지 않아?

마사가 안부 전해 달래. 곧 언니에게 편지 쓸 거라고 했어. 하지만 자기보다는 내 기억력이 낫다고, 런던에 가면 스틸의 라벤더수 두 병을 사다 달라고 전하래. 언니가 그 가게에 갈 일이 있으면 말이야. 아니라면 그런 부탁을 들은 기억을 지워도 좋다고 했어.

제임스 오빠는 어제 우리와 저녁을 먹은 후 에드워드 오빠에게 편지를 썼어. 편지지 세 장을 가득 채웠는데 줄마다 다 북동쪽으로 심하게 기우는 거 있지. 첫 줄은 아예 다 지워 버렸어. 오늘 아침에는 올케를 따라서 엘리시움과 입소프 들판으로 간대.

지난 금요일에는 온 가족이 정신없는 하루를 보냈어. 라이퍼드 양과 베일 씨가 찾아왔거든. 베일 씨가 감정을 시작했는데 응접실 네 개만 겨우 끝냈어.

나머지 공간은 봄이 돼서 낮이 길어지면 그때 재개하겠대. 감정서를 가져가 버려서 우리는 아버지가 물어 본 가구 한두 개의 감정가밖에 몰라. 하지만 베일 씨 의견으로는 전부 다 합치면 200파운드 이상이 나올 거래. 양조장 등등은 여기에 포함되지 않은 것 같아.

라이퍼드 양은 아주 유쾌했고 웨스트게이트 단지의 집들이 어떤지 어머니에게 들려줬어. 라이퍼드 부인이 4년 전에 그곳에 머물렀다나 봐. 어머니는 이야기를 듣고 그곳을 아주 긍정적으로 생각하게 되었지만 언니가 반대하면 어렵지 않게 결정이 날 거야. 아버지는 채플 로우 쪽으로 마음이 기울었었는데 이제는 생각을 완전히 접었어. 지금은 로라 플레이스 주변을 원하시는 듯해. 내가 집에 돌아온 이후 아버지 안목이 아주 높아졌어. 야심이 커져서 이제는 안락하면서 근사해 보이기까지 하는 집을 원하신다니까.

라이퍼드 양은 토요일에 먼 곳의 집으로 떠났어. 정말 멀리 떠났다는 말이야. 라이퍼드 양이 떠나자마자 넓찍한 녹색 마차에서 한 무리의 우아한 숙녀들이 머리에 닭의 깃털을 잔뜩 꽂은 채로 내려 집으로 들어왔어. 히스코트 부인, 하우드 부인, 제임스 오스틴 부인, 비그 양, 제인 블래치퍼드 양 말이야.

요새는 하루도 빠지지 않고 집에 사람이 찾아오고 있어. 어제는 브램스톤 부인이 와서 우리가 떠나서 너무 아쉽다고 했고, 이후에는 홀더 씨가 왔는데 1시간 동안 아버지, 제임스 오빠와 무시무시한 분위기로 방문을 걸어 잠그고 있었어. 존 본드는 그의 차지가 되었지…….

내 천재성을
발휘해 볼게

1801년 1월 21일 수요일, 스티븐턴에서

켄트 파버섐 고드머섐 파크
오스틴 양 앞

그 어느 때보다 유쾌한 편지가 될 테니 기대해. 주제에 대한 부담이 없는 편지거든(할 말이 없어서). 처음부터 끝까지 내 천재성을 억누르지 않을 거야.

그래, 프랭크 오빠의 편지를 받고 행복했는데 인내심을 잃고 하를렘호를 떠나려고 할까 봐 걱정이라는 거지. 그 배가 상선보다는 안전하니 거기 있으면 좋겠다는 거고. 불쌍한 오빠! 11월 중순부터 12월 말까지, 어쩌면 그보다 더 오래 기다려야 한다면 우울할 거야. 잉크 구하기도 쉽지 않은 곳이잖아. 10

월 20일에 사람들이 갑자기 들이닥쳐 멱살을 잡고 잉글리스 대령의 페터렐호에서 쫓아냈을 때 얼마나 놀랐을까. 성격이 좋으니 배와 상관들, 부하들을 떠나는 순간의 괴로움을 언급하지 않은 거지.

진급 철에 영국에 없는 게 너무 안타까워. 이번에는 분명 진급을 했을 텐데. 다들 그렇게 말하니 맞을 거야. 물론 오빠가 영국에 쭉 있었으면 진급할 가능성이 지금처럼 확실하지는 않았을 거라고 생각해. 하지만 증명하지 못하니 이곳에 없었다는 게 평생의 후회로 남겠지.

엘리자가 그러는데 함장이 전선으로 배정된 프리깃의 모든 부장이 중령 계급으로 진급한다는 기사를 읽었대. 사실이라면 밸런타인 씨도 자신에게 아주 멋진 밸런타인 매듭을 선사할 수 있을 거야. 찰스는 엔디미온호의 일등항해사가 될 수도 있어. 더럼 함장이라면 그 자리에 악당을 데려올 가능성이 크겠지만……

라이더 부인의 죽음으로 충격을 받았던 이웃들

도 이제는 마음을 추슬렀어. 아니, 이제는 오히려 기뻐하는 것 같아. 유품을 얼마나 비싸게 팔던지! 바람직한 행동을 하는 사람은 로저스 부인뿐이야. 죽음조차도 이 세상에서의 우정을 끊을 수는 없더라고……

월모트 가족의 집이 털렸다니 지인들이 재미있어 하겠네. 그들에게도 즐거운 사건이었기를 바라. 사람들에게 즐거움을 주는 일이 그들의 소일거리인 것 같으니까.

방금 언니 편지를 기쁜 마음으로 읽었지만 받지 않은 척할까 진지하게 고민 중이야. 비교하자니 휘갈겨 쓴 내 글씨가 너무 부끄러운걸. 하지만 하고 싶은 말을 전부 해 버린다면 목매달고 죽을 이유는 없겠지……

J. D.는 왜 언니에게 청혼하지 않은 거야? 대성당을 보러 갔으면 어떤 결혼식을 올리고 싶은지 자기도 알 텐데……

다시
새로운 곳에서

YOURS
AFFECTIONATELY,
J. A

연어에 대해
입도 뻥긋하지 마

1801년 5월 5일 화요일, 패러곤에서

앤도버 업 허츠본 로이드 부인 댁
오스틴 양 앞

사랑하는 커샌드라 언니에게

이층으로 올라와 내 방에서 편지를 쓰고 있으니 행복하다. 내 삶은 편안함 그 자체야.

오는 동안 특별히 사고나 사건은 없었어. 역참에 도착할 때마다 말을 바꿨고 거의 모든 요금 징수소에서 값을 치렀어. 날씨도 화창하고, 먼지 하나 날리지 않았고, 기분이 너무 좋아서 3마일에 한 번씩 겨우 말을 했을 정도야.

러저셜과 에벌리 사이에서 정찬을 즐겼는데 식

사가 얼마나 정성껏 준비되었던지 보고 깜짝 놀라며 감탄했어. 아무리 노력해도 준비된 소고기의 20분의 1도 해치울 수 없었어. 오이는 아주 좋은 선물이 될 것 같아. 삼촌이 얼마 전에 오이 가격을 알아보니 한 개에 무려 1실링이었대.

디바이지스에서는 몹시 깨끗한 마차를 탔어. 신사용 마차만큼이나 좋아 보이더라. 적어도 허름한 신사의 마차는 될 수 있을 거야. 하지만 이런 이점에도 불구하고 거기서 패러곤까지 오는 데 3시간이 넘게 걸렸어. 집에 도착하니 언니 시계로 7시 반이 넘었더라니까.

홀 창문에 우리를 기다리는 프랭크 오빠의 검은 머리가 보였어. 오빠는 우리를 아주 반갑게 맞아 주었고, 삼촌 부부도 못지않게 따뜻한 환영 인사를 건넸어. 두 분 다 건강해 보였지만 숙모는 기침을 심하게 하시더라고. 도착하자마자 차를 마셨어. 이게 여행 이야기의 끝이야. 어머니는 조금도 피곤해하지 않으셨어.

오늘은 좀 어때? 불면증이 나아졌기를 빌어. 그

랬을 것 같아. 왜냐하면 내가 잠을 못 자고 있거든. 5시 혹은 더 이른 시간부터 깨어 있어. 이불을 너무 많이 덮고 자서 그런가 봐. 자기 전에도 그런 느낌을 받았는데 그때는 치울 용기가 나지 않았어. 이곳은 불 하나 없어도 고급 난로가 있던 곳보다 더 따뜻해.

그래, 좋은 소식이 확정되었네. 마사는 의기양양해. 삼촌과 숙모는 언니와 아버지가 더 일찍 오지 않는 것에 놀라는 눈치야.

비누와 바구니를 드리니 두 분 다 좋아하셨어. 우리가 우려한 물건들은 거의 다 무사히 도착했는데 딱 하나 예외가 있었어. 디바이지스에서 마차에 타고 보니까 언니 자가 반으로 부러져 있는 거야. 가로대를 고정한 부분 맨 위에 그냥 놓여 있어. 미안해.

예정된 무도회는 하나 남았어. 날짜는 다음 월요일이야. 챔벌레인 가족도 아직 여기 있어. 챔벌레인 부인에 대한 호감이 생기기 시작하는데 돌이켜 보면 턱이 좀 긴 편 같아. 우리 둘 다 어리고 매력적일 때 글로스터셔에서 만났던 걸 기억하더라고.

화창한 날에 처음 본 바스의 풍경은 사실 기대에 미치지 않았어. 비 오는 날에 더 선명히 보이는 느낌이야. 해가 모든 것을 덮어서 킹스다운 꼭대기에서 내려다보이는 건 뒤섞인 수증기, 연기, 그림자뿐이었어.

우리는 시모어 스트리트나 그 근처에 있는 집을 구하게 될 것 같아. 삼촌과 숙모도 그곳이 좋다고 하셔. 삼촌이 뉴 킹 스트리트에 있는 집들이 너무 작다고 해서 기뻤어. 나도 그렇게 생각하고 있었거든. 삼촌은 내가 식당에 들어선 지 2분도 되지 않아 프랭크 오빠와 찰스에 관해 언제나처럼 열정적으로 질문을 퍼부었어. 두 사람 생각과 계획이 무엇이냐고. 최선을 다해 대답을 했지.

바스에 정착하라고 로이드 부인을 유혹한다는 희망은 아직 버리지 않았어. 고기가 파운드당 8펜스밖에 안 해. 버터는 12펜스, 치즈는 9.5펜스야. 하지만 터무니없는 생선 가격은 발설하지 않도록 조심해. 연어를 통으로 파는데 파운드당 2실링 9펜스더라고. 요크 공작 부인이 떠나면 가격이 합리적으로 조정이 될 거래. 정말 그렇게 되기 전까지는 연어에 관해 입도 뻥끗하지 마.

화요일 밤

삼촌이 두 번째로 물을 마시러 나갈 때 나도 따라 나갔고 아침에 산책하다 그린 파크 단지에 있는 두 집을 구경했는데 그중 한 집이 딱 내 취향이었어. 다락방을 제외하고 전부 둘러보았어. 식당은 널찍하고 언니가 딱 원할 법한 크기야. 두 번째 방은 대략 14제곱피트고. 응접실 위에 있는 방이 특히 마음에 들었어. 공간이 둘로 나뉘어 있는데, 좁은 쪽은 적당한 크기의 드레스룸이야. 침대도 하나 넣을 수 있겠더라고. 향은 남동향. 유일한 걱정은 가사실이 습하다는 거야. 습기 때문에 생긴 얼룩도 보였어.

수요일

머셀 부인이 내 드레스를 가져갔어. 어떤 의도인지 최대한 자세히 설명해 볼게. 라운드 드레스로 만들 거야. 재킷이 있고, 캐서린 비그의 드레스처럼 앞의 여밈이 옆으로 열리는 디자인으로. 재킷은 몸판과 하나로 이어졌고 주머니 위치까지 내려와. 주머니는 약 4분의 1야드 깊이쯤 될 거고, 모서리로 쭉 내려 넓은 단으로 마무리할 예정이야. 몸판이나 덮개에 여유를 두지 않아 뒤에서 보면 모래시계 형태가 될 거야. 옆모습도 마찬가지고. 앞은 가슴까지 둥글게 파서 당기고 프릴을 달 거야. 손수건이 더러워졌을 때를 위한 프릴 있잖아. 그 프릴은 뒤로 흘러내리는 형태가 될 거야. 머셀 부인은 치마 부분에 폭 두 개 반 정도의 천을 달고 삼각 천은 넣지 않는다고 했어. 요새는 유행이 아니라 하더라고. 소매는 달라지지 않을 거야. 똑같이 아래로 떨어뜨렸다가 모아 올리는 평범한 형태지. 마사의 몇몇 드레스처럼 말이야. 조금 더 길 수는 있겠다. 등 뒤는 낮게 파고 같은 천의 벨트를 두를 거야. 설명이 부족한 것 같은데 더는 할 말이 떠오르지 않네.

어머니도, 나도 새 보닛을 주문했어. 둘 다 흰 줄에 흰 리본으로 장식된 것이야. 내 밀짚 보닛이 다른 사람들 것과 비슷하더라고. 세련되고. 레이디 브리지스가 디자인한 캠브릭 모슬린 보닛도 많이들 써. 굉장히 예쁜 것도 눈에 띄었어. 하지만 그런 보닛은 언니가 도착할 때까지 기다렸다가 살래. 바스는 요새 거리가 텅텅 비어서 별일 안 하고 가만히 있어도 괜찮아. 검은색 거즈로 만든 망토도 진짜 많이 입더라. 내일이나 모레 다시 편지할게. 사랑해.

사랑을 담아
J. A.

추신

릴링스톤 부인과 챔벌레인 가족이 방문했어. 챔벌레인 부부의 독특한 외모에 어머니가 깜짝 놀라셨는데, 나는 부인밖에 못 봤어. 내일은 버스비 부인이 와서 차를 마시고 크리비지(카드 게임의 일종—옮긴이)를 칠 예정이야. 금요일에는 우리가 챔벌레인네로 가고. 어젯밤에는 운하 근처에서 산책을 했어.

이곳에서
새로운 우정이
싹트고 있어

1801년 5월 21일 목요일, 패러곤에서

뉴버리 킨트버리 F. C. 파울 목사 댁
오스틴 양 앞

친애하는 커샌드라 언니에게

유쾌하지 않은 주제로 긴 편지를 쓰려니 끔찍하다. 머리를 가장 많이 차지하고 있는 생각부터 빨리 해치울게.

그린 파크 단지를 둘러보는 일도 이제 끝난 것 같아. 사람이 안 산 지 일주일밖에 안 된 집이라는데 가사실에 아직도 습기 때문에 생긴 얼룩이 남아 있더라니까. 결정타는 집이 별로였다는 이전 세입자의 발언과 발진티푸스 환자가 있었다는 소문이었어. 지금은 집 보는 걸 중단한 상태야. 언니가 도착하면 적어도 이 썩어 가는 집들을 둘러보는 재미가 있을 거야. 크기와 위치는 너무 좋아서 10분 이내로 머물면 나름 만족스럽거든.

지금부터는 언니가 마지막 편지에서 한 질문에 대한 대답을 하려고 해. 숙모와 본드 양의 사이가 왜 냉랭한지 이유를 알아낼 수는 없었어. 숙모가 지난여름 바스를 떠나기 전에 찾아오지 않아서 본드 양이 무시를 당했다고 느끼는 것 같아. 이 세상에서 제일 이상한 싸움이라니까. 서로의 집을 방문하지는 않으면서 만나면 아주 깍듯하게 대화하니 말이야. 삼촌과 본드 양은 확실히 그래.

사탕 한 상자당 1실링 0.5펜스이고, 네 상자 다해서 4실링 6펜스를 달라는 말을 들었어. 얼마 안 되는데 입 아프게 따지느니 그냥 돈을 내기로 했지.

방금 프랭크 오빠의 편지를 받았어. 이제 아버지의 계획이 확정됐대. 금요일에 킨트버리에서 언니와 만날 거고, 언니만 괜찮으면 둘은 6월 1일 월요일에 이곳을 도착할 거야. 프랭크 오빠는 밀게이트의 초대를 받았는데 수락할 생각인가 봐.

레이디 퍼스트의 파티는 언니가 이미 들어 본 사람들만 참석했어. 윈스턴 가족, 챔벌레인 부인, 버스비 부인, 프랭클린 부인, 마리아 소머빌 부인. 하지만 직전에 간 두 파티만큼 시시하지는 않았어.

언니가 예상한 대로 벌써 나와 챔벌레인 부인 사이에는 우정이 싹트고 있어. 만날 때마다 악수를 나누는 사이가 됐지. 어제는 웨스턴으로 대장정을 떠나기로 약속했고 아주 멋지게 목표를 완수했어. 우리를 제외한 모두가 이런저런 구실과 핑계를 대고 빠지는 바람에 둘만의 밀회가 가능해진 거야. 하지만 바스 주민 절반이 함께 출발했다 하더라도 2야드 반을 걷고 난 후에는 똑같은 결과가 나왔을걸.

우리가 어떻게 가는지 봤다면 언니는 웃었을 거야. 시온 힐을 올랐다가 올 때는 들판을 통과했어. 챔벌레인 부인은 언덕을 정말 잘 오르더라. 나는 힘들게 겨우 발을 맞출 수 있었어. 하지만 얼굴 한 번 찡 그리지 않았지. 평지에서는 나도 잘 걸었어. 그렇게 우리는 한순간도 쉬지 않고 작열하는 태양 아래를 빠르게 지났어. 챔벌레인 부인은 양산이나 챙 있는 모자를 쓰지도 않았고. 웨스턴의 교회 묘지를 가로지를 때는 생매장을 당할까 두려운 사람처럼 신속하게 발을 움직였어. 부인의 능력을 보고 나니 절로 존경심이 생기지 뭐야. 성격도 다른 사람들 못지않게 쾌활해.

어제저녁에는 아널드 자매가 치펜햄에서 볼일을 보고 오는 길에 잠깐 들렀어. 아주 정중했고 지나치게 고상한 체하지도 않았어. 우리가 집을 구하고 있다고 하니 치펜햄에 있는 집을 추천해 줬어.

오늘 아침에는 홀더 부인과 딸이 또 방문했어. 함께 차를 마시게 저녁에 시간을 잡자면서 말이야. 하지만 어머니 감기가 아직 안 떨어져서 그런 제안을 전부 거절할 수밖에 없었어. 어쨌든 나만 따로 초대를 받았기 때문에 나중에 오후쯤 찾아가 보려고 해. 사람들은 대체로 이 모녀를 굉장히 싫어하는 것 같은데 무척 예의 바르고 옷도 순백색에 아주 예뻐서 (이것도 이 동네에 어울리지 않는 허세라는 게 숙모의 생각이야) 진심으로 미워지지는 않더라고. 더구나 음악에 취미가 없다고 당당하게 인정하는 홀더 양을 어떻게 미워하겠어.

두 사람이 떠난 후에는 어머니와 뉴 킹 스트리트에 있는 집들을 보러 갔어. 안 그래도 어머니가 그곳을 마음에 두고 있었는데 크기도 만족스럽다고 하셔. 나는 예상보다 더 협소하다고 생각했어. 둘 중 한 집은 말도 안 되게 좁던데. 제일 큰 거실이 스티븐턴 집의 작은 응접실보다도 작고, 각 층의 두 번째 방은 정말 작은 1인용 침대 하나 간신히 들어갈 크기였어.

오늘 밤에는 조촐한 파티가 예정되어 있어. 나는 소규모 파티가 정말 싫어. 쉬지 않고 노력해야 하잖아. 참석자는 에드워즈 양과 그 아버지, 버스비 부인과 조카 메잇랜드 씨, 릴링스톤 부인이야. 메잇랜드 씨를 꼬실 수는 없게 됐어. 자식이 열 명인 유부남이라는 거 있지.

숙모의 기침이 심해. 이곳에 도착했을 때 이 말 들은 거 잊지 마. 전보다 귀도 더 어두워진 것 같아. 어머니는 감기 때문에 며칠 고생하셨지만 지금은 많이 나아졌어. 이곳에 계속 머물겠다는 어머니의 결심이 조금씩 흔들리는 중이야. 혼자 남겨지는 상황은 원치 않으실 테니 분노한 가족과 기꺼이 타협을 하겠지.

언니가 들으면 가슴 아플 소식이야. 메리앤 메이플턴이 병으로 끝내 세상을 떠났어. 일요일에 고비를 넘겼다고 생각했는데 갑자기 증상이 다시 심해졌대. 사랑이 넘치는 가족이라 무척 힘들어할 거야. 어린 나이에 죽음을 맞은 많은 소녀들이 천사로 칭송을 받았지만 미모, 지성, 가치 면에서 메리앤만큼 뛰어난 소녀는 많지 않다고 생각해.

벤트 씨는 도저히 좋아할 수가 없는 사람이야. 책 값으로 70파운드를 부르잖아. 우리 가족 몇 명을 희생해 다른 몇 명을 부자로 만들기 위해 온 세상이 음

모를 꾸미나 봐. 하지만 도즐리의 시집은 10실링이라고 해서 금세 기분이 좋아졌어. 그 정도면 몇 번을 팔아도 괜찮지. 브램스턴 부인이 다 읽으면 다시 팔려고. 언니, 마그네시아는 아직 소식 없는 거지?

금요일

여행하기에 좋은 날씨다. 데버리의 마차를 타고 이동하든, 언니 발가락 스무 개를 이용해 이동하든.

마사의 보닛을 다 만들면 같은 소재로 망토도 꼭 만들어. 여기서는 망토를 다양한 형태로 많이 입거든. 대부분 마사의 검은색 실크 스펜서와 똑같은데, 겨드랑이 부분에 소매를 다는 대신 장식을 둘러. 앞이 긴 것도 있고 C. 비그의 것처럼 전체적으로 긴 것도 있고. 어젯밤 파티에서는 편지에 쓸 만한 이야기를 하나도 건지지 못했어.

언니의 동생

J. A.

추신

픽퍼드 부부가 바스에 왔다고 우리를 찾아왔어. 마사를 본 이후로 그렇게 우아하게 생긴 여성은 픽퍼드 부인이 처음이야. 픽퍼드 씨는 내가 고드윈의 제자에게 바라는 모습답게 자유분방한 매력을 풍겼고. 오늘 저녁에는 버스비 부인과 차를 마시기로 했어. 내가 그 조카에 대해 끔찍한 추문을 퍼뜨렸더라고. 아이가 열이 아니라 셋밖에 없대.

모두에게 안부 전해 줘.

이 세상의
수줍음은
다 어디로 갔을까?

1807년 2월 8일, 사우샘프턴에서

켄트 파버셤 고드머셤 파크
오스틴 양 앞

우리 집 정원은 어떤 남자 손에 의해 정돈된 모습을 갖추고 있어. 성격이 아주 좋고 얼굴에 건강한 혈색이 돌고, 전에 있던 이보다 질문도 적은 사람이야. 이 사람 말로는 자갈길 가장자리의 덤불이 그냥 두 종의 장미들이래. 하나는 썩 좋은 품종도 아니라는 거야. 그래서 괜찮은 품종을 몇 개 사고, 내 개인적인 요청으로 그가 고광나무도 몇 그루 가져오기로 했어. 쿠퍼의 시 구절 때문이라도 고광나무가 하나쯤은 있어야지. 금사슬나무도 논의하는 중이야. 테라

스 담장 아래의 테두리 꽃밭을 없애고 그 자리에 커런트와 구스베리 덤불을 심을 거야. 라즈베리를 심기에 딱 좋은 자리도 발견했어.

실내에서도 보수와 개조 작업이 착착 진행되고 있어. 가사실은 사용하기 아주 편리해질 거야. 우리 화장대도 원래 이 집에 있던 대형 식탁을 개조해 만들고 있어. 그러기 위해 랜스다운 경의 도장공인 허스켓 씨의 허락을 받았지. 성에 사니 가정 소속 도장공이라고 해야 하나. 가정 소속 목사가 자기보다 더 필수적인 직책에 자리를 내줬나 봐. 성벽에 손을 댈 일이 없으면 그때는 사모님의 얼굴을 담당하려나.

아침에 비가 와서 꼬마 손님을 못 보게 될까 봐 걱정했는데 혼자 교회에 나올 수 있었던 프랭크 오빠가 예배 끝나고 아이를 데려왔어. 지금은 내 옆에서 재잘거리며 내 책상 서랍 속 보물들을 살펴보는 중이야. 아주 행복하게 말이지. 이 아이는 낯도 가리지 않아. 이름은 캐서린이고 캐럴라인이라는 언니가 있대. 자기 오빠와 비슷하지만 나이에 비해 키가 작고 얼굴도 예쁘지는 않아.

이 세상에 수줍음은 다 어디로 갔을까? 자연적인 질병뿐만 아니라 도덕도 시간이 흐르며 사라지고 새로운 것들로 대체되는 건가. 수줍음과 발한병 대신 자신감과 마비증이 유행하는 것 같아……

저녁

꼬마 손님이 우리에게 아주 좋은 인상을 심어 주고서 막 떠났어. 참 착하고 꾸밈없고 사랑스러운 아이야. 이 시대에 훌륭한 어린이로서 갖춰야 할 예의도 몸에 확실히 배어 있고 말이야. 그 나이 때 딴판이었던 나를 생각하면 놀랍고 부끄러워질 때가 많아. 여기 있던 시간의 절반은 막대 빼기 놀이를 하며 보냈는데, 나는 그 막대들도 우리 집에 없어서는 안 될 세간이라고 생각해. 나이트 가문이 오스틴 가문에게 베푼 귀중한 선물들 중 하나잖아.

그런데 언니에게 꼭 들려줄 이야기가 있어. 메리가 얼마 전부터 파울러 양이라는 사람이 이곳에 올 예정이라는 말을 딕슨 부인에게서 들었대. 파울러 양은 딕슨 부인과 절친한 사이고, 메리도 그렇게 알고 있지. 지난 목요일, 우리가 외출한 사이에 파울러 양이 들렀더라고. 나중에 다시 오겠다면서 이름만 적은 카드를 메리가 도착했을 때 발견했거든. 이상해서 우리끼리 이런저런 추측을 하던 중에, 프랭크 오빠가 농담 삼아 말했어. "피어슨 가족과 머물고 있는 것 아니야?" 그 이름을 듣고 메리가 바로 떠올린 거야. 파울러 양이 피어슨 가족과 굉장히 친밀한 사이라는 걸 말이야. 모든 사실을 종합하면 파울러 양은 우리가 이곳에서 유일하게 방문할 수 없는 집에 머물고 있는 것이 확실해.

프랑스어로 표현하자면 contretemps('뜻밖의 사고, 난처한 일'을 뜻한다—옮긴이)지! 이런 난처한 상황이 있나! 마담 듀발(『에블리나』에 등장하는 인물—옮긴이)이라면 이렇게 말했을 거야. 이런 불행이! 틀림없이 검은 신사가 부하 악마를 시켜 이렇게 소소하지만 완벽한 장난을 꾸민 거야. 파울러 양이 아직 다시 오지 않았지만 우리는 매일 기다리고 있어. 물론 피어슨 양이 사정을 제대로 설명했을 거야. 파울러 양은 우리 쪽에서 찾아가는 것을 바라거나 기대하지 않을

게 분명해. 프랭크 오빠는 자기 아내를 충분히 보호하고 있어. 메리를 위해서나 우리를 위해서나 다행스러운 일이지.

에드워드가 윈체스터에 오게 되면 지금 윈체스터 근처에 있다는 사실에 우리 가족은 감사할 거야. 남는 침대를 사용해 줄 손님으로 그보다 완벽한 사람이 어디 있겠어. 부활절에는 엘섬을 떠난대?

지금 다 같이 『클라렌타인Clarentine』(패니 버니의 이복 동생 세라 해리엇 버니가 쓴 소설—옮긴이)을 읽고 있어. 유치해서 깜짝 놀랄 정도야. 두 번째로 읽을 때도 처음보다 별로였다는 기억이 나는데 세 번은 차마 못 읽을 것 같아. 부자연스러운 행동과 억지스러운 갈등으로 가득한 데다 눈에 띄는 장점이 하나도 없어.

해리슨 양이 언제나처럼 두상토이 부인을 돌보러 데본셔로 갈 거야. J. 양은 G. 씨라는 청년과 결혼했는데 아주 불행한 결혼 생활이 예고되어 있대. 술 꾼에 입도 거칠고, 성격도 나쁜 주제에 질투심도 많고 이기적이고 난폭하대. 이 결혼으로 J. 양의 가족은 절망에 빠졌고 G. 씨는 상속권을 박탈당했어.

브라운 가족과도 교류하는 사이가 되었어. 브라운 씨는 토머스 경 휘하에서 연안 방어대를 이끌고 있고, 지난주에 만났을 때 토머스 경에게 먼저 소개를 부탁했어. 하지만 부인이 아프다면서 집에는 혼자 방문했어. 브라운 부인은 얼굴이 예쁘장하고 이 동네에서 제일 예쁜 밀짚 모자의 주인이야.

월요일

다락방 침대가 완성됐고 우리 침대도 오늘 마무리될 거야. 토요일에 끝내기를 바랐지만 홀 부인이나 제니의 도움을 받기가 여의치 않았어. 나도 많이 돕지 못했고 메리는 아예 손도 못 댔어. 이번 주에는 조금 더 열심히 일해야겠어. 주말 안에 침대 다섯 개를 전부 완성하는 게 내 목표야. 그러고 나면 창문 커튼, 소파 커버, 카펫을 수선해야지.

이번 주에 제임스 오빠가 다시 온다 해도 놀라지 않을 거야. 조만간 오겠다는 식으로 얘기했고, 에버슬리에 갔으면 다음 주에는 못 올 테니까.

좋아, 소재가 없는 것치고는 아주 빠르게 편지를 써서 뿌듯하다. 하지만 존경하는 존슨 박사처럼 나도 사실보다는 관념을 더 많이 다룬 것 같아.

기침이 멎었기를 바라고 몸 건강히 잘 있기를.

사랑하는 동생
J. A.

이 깊은 상실을
어떻게
버텨 내야 할까

1808년 10월 15일 토요일 밤, 캐슬 스퀘어에서

켄트 파버셤 고드머셤 파크
에드워드 오스틴 님 댁
오스틴 양 앞

친애하는 커샌드라 언니에게

언니가 해 준 이야기는 이 시기를 버티고 있는 우리에게 최고의 위로야. 에드워드 오빠는 너무 끔찍한 상실(제인 오스틴의 셋째 오빠 에드워드의 부인인 엘리자베스의 사망을 말한다—옮긴이)을 겪었으니 지금 오빠의 심정은 무척이나 끔찍할 거야. 아직은 오빠에게나, 괴로워하는 딸에게나 슬픔을 잊으라고 할 시기가 아니지. 하지만 사랑하는 아버지를 돌봐야 하는 의무감을 가지고 머지않아 우리 조카 패니가 힘을 내 주기를 바라. 아버지에 대한 효심으로, 또 세상을 떠난 어머니의 영혼에 바치는 사랑의 증거로 마음을 가라앉히고 추스르겠지. 언니의 위로가 통하는 것 같아? 아니면 자기감정을 주체하지 못하고 혼자 있으려고만 해?

리지 이야기도 정말 흥미롭네. 가여운 것! 이번 일을 오래도록 잊지 않았으면 좋겠지만 여덟 살 어린아이가 상심할 걸 생각하면 가슴이 찢어져.

언니는 시신을 봤겠지? 어때 보여? 우리는 에드워드 오빠가 장례식에 참석하지 않을 거라는 확답을 기다리고 있어. 하지만 오빠는 그럴 수 없다고 생각하겠지.

언니 소포는 월요일에 보내려고 해. 신발이 잘 맞으면 좋겠다. 마사와 내가 신어서 확인해 봤어. 가장 유용해 보이는 장례식 복장으로 보낼게. 그 대신 언니 스타킹과 벨벳의 반은 내 몫으로 남겨 두었어. 이기적이지만 사실 언니가 원해서 하는 행동이라는 거 알아.

나는 봄바진(실크나 양모로 만든 천의 일종－옮긴이)과 검은 크레이프로 된 옷을 입을 거야. 이곳에서는 대체로 그렇게 입는다고 하더라고. 마사가 전에 들었던 이야기와도 일치해. 하지만 상복을 준비한다고 지갑 사정에 무리가 가지는 않을 거야. 벨벳 펠리스(여성용 외투－옮긴이)에 안감을 새로 대서 다시 만들면 올겨울에 그런 옷을 새로 살 필요가 없을 테니까. 나는 안감으로 망토를 사용할 거고, 같은 용도로 사용할지 모르니 언니 망토도 보내 줄게. 언니 펠리스가 내 것보다는 관리가 잘되어 있지만. 베이커 자매가 내 드레스와 보닛을 한 명씩 맡아 만들기로 했어. 보닛은 실크에 크레이프를 두를 계획이야.

에드워드 쿠퍼에게 편지를 썼어. 불쌍한 우리 오빠를 위로한답시고 특유의 잔인한 편지를 보내지 말아야 할 텐데. 어제는 앨리시아 비그에게 답장을 보냈어. 캐서린이 다음 화요일에 결혼한다고 확신에 차서 말하더라. 힐 씨는 이번 주 안으로 매니다운에 도착할 것 같대.

해리슨 부인과 오스틴 양이 비보를 전해 듣고 언니와 에드워드 오빠에게 적절한 위로를 전해 달라고 했어. 애도를 표현하려고 직접 편지를 쓰면 받는 쪽에서 불가피하게 수고할 일만 늘어나니까 그러고 싶지는 않다면서 말이야. 두 사람은 진심으로 애도하는 것 같았어.

나이트 부인과 굿네스톤 사람들에 대한 소식 듣고 안심했어. 충격 받아 쓰러진 사람이 없다니 정말 다행이다. 하지만 소식을 전하는 언니 입장에서는 얼마나 힘들었을까! 이제는 편지 쓰는 일에 시달리지 않았으면 좋겠네. 대부분 헨리와 존이 대신 써 줄 수 있을 테니 말이야.

그때 스쿠다모어 씨는 집에 있었어? 혹시 약을 썼어? 발작의 원인은 밝혀졌고?

일요일

에드워드 오빠가 이곳에 있는 아들에게 편지를 보내지 않은 것을 보면, 금요일에는 아이들이 스티븐턴에 있다는 사실을 알았나 보네. 다행이다.

언니 편지를 고다드 박사에게 전달한 후, 메리가 아이들을 자기 쪽으로 보낼 마음이 있냐고 어머니에게 편지로 물어 왔어. 우리는 지금 있는 곳에 두는 편이 낫다고 결정했고. 오빠도 찬성할 거야. 우리의 바람보다는 최선이라 생각하는 방향으로 결정을 내렸다는 사실을 인정해 주리라 믿어.

내일은 마차 편으로 J. A. 부인과 에드워드에게 상복에 대한 편지를 쓰려고 해. 언니 쪽에서 오늘 우편으로 먼저 지침을 줬을지도 모르겠네. 어쨌든, 나는 지난 편지에서도 자연스럽게 언급했지만 이번 기회에 우리 조카에게 가장 중대한 문제에 관해 다시 한번 이야기할 거야. 아이들은 이곳보다 스티븐턴에 있는 게 훨씬 편할 수도 있지만, 내가 그 문제를 어떻게 생각하는지 언니는 잘 알겠지.

내일은 모두에게 정말 끔찍한 하루가 되겠다. 휘트필드 씨(당시 고드머셤의 교구 목사 ─ 옮긴이)는 얼마나 힘들까. 잘 끝났다는 소식을 손꼽아 기다릴게.

우리가 늘 언니를 생각한다는 거 알지? 하루 종

일 이런저런 일을 하면서도 언니와 슬픔에 잠긴 가족의 모습이 떠올라. 특히 저녁이 되면 슬프고 우울한 분위기를 머릿속으로 상상하게 되네. 어색한 대화, 슬픔에 잠긴 채로도 끊이지 않는 지시와 위로. 불쌍한 에드워드 오빠는 절망에 사로잡혀 좀처럼 가만히 있지 못하고 이 방, 저 방을 오갈 거야. 자주 위층으로 올라갈 거고. 사랑하는 엘리자베스의 시신을 봐야 할 테니까. 사랑하는 패니는 자신이 이제 오빠의 가장 큰 위안이자 소중한 친구라는 사실을 깨달아야 해. 할 수 있는 만큼 차차 오빠가 잃어버린 존재를 대신해야지. 이런 생각을 하면 패니도 힘과 용기가 날 거야.

안녕. 늘 말하지만 언니 편지는 언제든 환영이야. 가여운 아기가 별다른 걱정을 끼치지 않는다니 우리 다 안심했어. 사랑하는 리지에게 대신 키스 부탁해. 패니에게는 내가 내일이나 모레 샤프 양에게 편지를 보낼 거라 전해 주고.

어머니 건강은 괜찮아.

진심을 담아

J. 오스틴

추신

헨리 오빠에게도 전해 줘. 킨트버리에서 사과 한 바구니를 보냈고 파울 씨가 금요일에 차트 등을 팔머 가족에게 맡겨 달라 편지를 쓸 계획이었다고(런던에 있는 줄 알고) 말이야. 파울 부인도 팔머 양에게 자기가 사람을 보내겠다고 부탁하는 편지를 썼대.

이제는
두려워하지
않으면 좋겠어

∿

1808년 10월 24일 월요일, 캐슬 스퀘어에서

켄트 파버셤 고드머셤 파크
에드워드 오스틴 님 댁
오스틴 양 앞

친애하는 커샌드라 언니에게

토요일 7시 직후에 에드워드와 조지가 무사히 도착했어. 그런데 겉옷도 입지 않고 바깥 자리에 앉아 온 바람에 덜덜 떨더라고. 그나마 마부인 와이즈 씨가 옆에 앉은 애들에게 친절하게도 자기 외투를 빌려줬기에 망정이지. 도착했을 때 몸이 얼마나 차던지 감기에 걸리지는 않을까 걱정했는데 아직까지 그런 기미는 없어. 오히려 평소보다 더 건강해 보여.

둘 다 흠잡을 데 없이 바르게 행동하고 우리가 바

라는 대로 감정을 충분히 드러내고 있어. 자기 아버지(제인의 오빠 에드워드를 가리킨다ー옮긴이)를 향해 크나큰 애정을 담아 이야기하더라고. 어제는 둘이 나눠서 눈물 바람으로 에드워드 오빠 편지를 낭독했어. 조지는 소리 내어 흐느껴 울었고 에드워드는 애써 눈물을 꾹 참더라. 하지만 내가 봤을 때는 두 녀석 다 이번에 제대로 인생 공부를 한 것 같아. 나보다 아이들을 더 객관적으로 판단할 수 있는 로이드 양도 무척이나 기특해했어.

나와 조지는 이번에 새로 친해진 느낌인데 에드워드와는 또 다르게 매력적이야.

즐거운 놀이는 다들 원치 않았어. 조지가 늘 몰입하는 빌보캐치(컵에 맞춰 공을 넣는 놀이ー옮긴이), 스필리킨스(막대를 쌓아 놓고 하나 남을 때까지 막대를 빼는 놀이ー옮긴이), 종이배 만들기, 수수께끼, 퀴즈 풀기, 카드 치기 정도만 했지. 그렇다고 시간을 허투루 보내지는 않았고, 흐르는 강을 바라보거나 이따금 산책도 했어. 다정한 아이들 아빠가 수요일 저녁에나 윈체스터에서 돌아와 준다고 하니 그때까지는 우리가 최대한 같이 있어 주려고 해.

J. A. 부인이 시간적 여유가 없다 보니 아이들 옷을 한 벌밖에 챙기지 못했어. 나머지 옷들은 여기서 맞추고 있는데, 사우샘프턴이 양복 재단으로 유명하지는 않지만 베이싱스토크보다는 결과물이 나았으면 좋겠네. 에드워드는 오래된 검은색 코트가 한 벌 있어서 새 코트를 또 사지 않아도 돼. 하지만 아이들은 검은색 판탈롱이 꼭 필요하다고 생각하는 눈치야. 기본적인 옷이 없으면 불편할 텐데 그렇게 둘 수는 없지.

어제 패니의 편지를 모두 기쁘게 받았고 조지와 에드워드도 고맙다며 누나에게 곧 답장한대. 편지를 다 같이 읽으며 행복해했어.

내일은 언니 편지를 받을 수 있었으면 좋겠다. 또 내일은 딱한 캐서린을 생각해야겠지. 하지만 오늘 우리 머릿속에는 브리지스 부인 생각뿐이야. 만남을 무사히 끝내고 나면 그제야 마음이 놓일 것 같아. 그때는 에드워드가 마음고생할 일도 없을 거고.

세인트 올번스호는 내 편지가 야머스에 도착한 날 출항했대. 당장은 답을 받을 수 없다 생각하고 있어야겠어. 하지만 초조하지는 않아. 우리 계획을 아무에게도 말하지 말아야겠다는 정도의 감정이지. 패니의 편지를 받고 어린 손님들에게는 설명하는 수밖에 없었지만 스티븐턴에는 아직 언급하지 않았어. 우리끼리는 이 계획에 꽤 적응했어. 어머니만 수어드 부인이 한여름에 떠나기를 바랄 뿐이지.

그곳의 텃밭은 어떤 모습이야? J. A. 부인은 우리가 켄트에 정착할까 봐 걱정이래. 하지만 이 제안을 듣기 전까지만 해도 여기서 계속 살지 않을까 생각하기 시작했거든. 어머니도 와이에 있는 집에 대해 이야기하고 있었고. 하지만 그대로 있는 게 최선이겠지.

앤이 방금 주인집에 사직 의사를 밝혔어. 결혼할 거래. 1년을 다 채우면 좋으련만.

말이 나왔으니 말인데, 솔즈베리 신문에서 본 결혼식 얘기 좀 할게. 웃겨서 혼났잖아. 필럿 박사와 레이디 프랜시스 세인트 로렌스가 결혼한대. 여자는 인생에 한 번쯤 남편이 필요하다고 생각한 모양이고, 남자는 여자를 원한 거지.

슬픔에 잠겨 있겠지만 어제 교회에 갔기를 바라. 이제는 두려워하지 않으면 좋겠고. 마사는 감기 때문에 집에 있었지만 나는 조카들과 예배에 참석했어. 에드워드는 설교를 듣고 진심으로 감동한 눈치더라. 사실 그럴 의도로 설교를 준비했다고 생각할 수도 있었을 거야. 호칭 기도에 대한 맨트 박사의 발언 중에 자연스럽게 나온 게 아니었다면 말이지. '위험과 궁핍, 고난에 빠진 모든 이'가 주제였거든. 날씨가 좋지 않아서 예배 끝나고 부두까지밖에 걷지 못했어. 부두에 있는 동안 조지는 신이 나서 이쪽저쪽 뛰어다니고 석탄선에 껑충 뛰어 올라탔지.

저녁에는 시편과 성경 말씀을 읽고 집에서 설교를 들었어. 아이들도 진지하게 집중했지만 끝나자마자 수수께끼를 시작했다는 사실은 말하지 않아도 알겠지? 아이들 이모가 칭찬의 편지를 보내줬어. 기대보다 더 극찬을 하던걸.

이 편지를 쓰는 지금, 조지는 열심히 종이배를 만들어 이름을 붙이고 있어. 그런 다음에는 마로니에 열매로 명중시키네. 그러려고 스티븐턴에서 가져왔나 봐. 에드워드도 집중해서 『킬라니 호수Lake of Killarney』(애나 마리아 포터의 소설—옮긴이)를 읽고 있어. 안락의자에 앉아 몸을 비비 꼬면서 말이지.

화요일

빽빽하게 적힌 언니 편지를 보니 줄 간격 널찍한 내 편지가 부끄러워지는걸. 많은 이야기가 담겨 있던데 대부분 반가운 소식이었어. 더 오래 머물게 됐다는 소식은 예상했던 바야. 어쩔 수 없다고 생각하지만 아쉬운 내 마음을 언니는 알 거야.

에드워드 오빠에 관한 내용을 다 읽고는 정말 안도했어. 부산스러운 첫 주가 지나면 점점 더 우울에 빠지지 않을까 걱정하던 참이었거든. 아직 그런 걱정을 놓을 때가 아니기는 하지. 언니가 담즙병을 앓지 않고 지나간다면 기쁜 만큼 놀랄 것 같아. 캐서린이 오늘 어디로 가는지 알려 줘서 고마워. 좋은 계획이네. 하지만 이성적인 사람들은 이런 결정을 알아서 잘 내리지.

오늘은 유쾌하게 하루를 시작했지만 계속 좋을 것 같지는 않아. 아이들이나 우리나 말이야. 어제는 가볍게 뱃놀이를 했어. 아이들과 이첸 페리를 타고 노섬까지 갔다가, 그곳에서 내려 74문함을 구경하고 집까지 걸어왔어. 너무 즐거워서 오늘은 네틀리에 데려가 보려고 했지. 조류로 봐서 달이 뜬 직후 나가면 좋겠다 생각했는데, 아무래도 비가 올 것 같아. 네틀리까지 못 가면 아쉬운 대로 부두에서 페리를 타고 한 바퀴 돌려고 해.

원래는 어제 이첸을 넘을 계획이 없었어. 하지만 막상 나가 보니 즐겁고 다들 행복해해서 강 중간쯤이르렀을 때 더 위로 올라가 보기로 한 거야. 가는 내내 두 녀석이 열심히 노를 저었고, 서로 질문과 소감을 나누며 기분 좋은 시간을 보냈지. 즐거워하는 모습도 보기 좋았고. 조지는 끝도 없이 질문을 하더라. 모든 일에 열정적인 게 꼭 헨리 오빠 같아.

저녁에도 나름대로 즐거웠어. 스페큘레이션(카드놀이의 일종―옮긴이)을 알려 줬는데 아이들이 너무 좋아해서 멈출 수가 없더라고.

내일 일찍 저녁 식사를 하라는 언니 의견은 우리의 생각과 정확히 일치해. 이 편지를 쓰기 시작하고 이제 여름이 아니라는 사실이 떠올랐거든. 오늘 해를 잘 봐야겠어. 내일 캄캄할 때 아이들을 나가게 하면 안 되니까.

아이들이 아버지와 모두에게 안부 전해 달라네. 조지는 이번 우편으로 받은 편지에 감사하다고 했고. 마사는 오빠와 가족의 모든 일에 관심을 두고 있고 고드머섬에서 좋은 소식이 있으면 진심으로 우리와 기뻐하고 있음을 꼭 알아 달라고 했어.

초튼에 대해서 나는 더 이상 할 말이 없지만, 지금 내 앞에 있는 언니 편지에 적힌 모든 내용을 내가 시간 있을 때 낭독해 드리면 어머니는 기쁜 마음으로 계획을 받아들이실 거라 믿어. 우리도 H. 디그위드의 농장에 관해 같은 생각을 하고 있어.

오늘 킨트버리에서 아주 다정하고 감동적인 편지가 도착했어. 언니라면 파울 부인이 어떻게 공감과 배려를 표하는지 제대로 이해하고, 부인의 부탁처럼 오빠에게 그 마음을 잘 전달할 수 있을 거야. 언니에 대해서는 이렇게 썼어. "커샌드라는 내가 편지를 쓰지 않아도 이해해 줄 거예요. 내가 아닌 그녀를 위해 쓰지 않는 것이랍니다. 가장 크고 따스한 사랑을 전해 주세요. 같은 상황이라면 그녀가 내게 느꼈을 감정을 느낀다고도요. 건강이 상하는 일 없기를 진심으로 기원합니다."

킨트버리에서 사과 바구니가 막 도착해서 작은 다락방 바닥이 사과로 뒤덮였어. 모두에게 안부 전해 줘.

사랑하는 동생
J. A.

최대한
많은 무도회에
참석할 거야

1808년 12월 9일 금요일, 캐슬 스퀘어에서

켄트 파버셤 고드머셤 파크
에드워드 오스틴 님 댁
오스틴 양 앞

함께 멋진 편지를 써서 보내 준 언니와 디데스 씨에게 정말 고마워. 아침에 깜짝 놀랐지 뭐야. 확실히 디데스 씨는 작가의 자질이 있어. 자신의 주제를 충분히 다루면서도 산만하지 않고 명쾌하고 정확히 표현하잖아. 편지 쓰는 능력이 언니와 비견된다거나 그의 편지가 언니 편지만큼 고마웠다는 말은 아니지만 글을 아주 기분 좋게 마무리하고 세상에 진실을 전하는 능력은 인정할 수밖에 없겠어.

내가 사랑하는 피오치 부인의 말처럼 "그러나 이

모든 것은 공상과 망상과 헛소리에 불과하다. 내 남편은 커다란 술통을 돌봐야 하고, 나는 내 어린아이들을 돌봐야 하니.” 하지만 이 경우에는 어린아이들을 돌보는 사람이 언니고, 커다란 술통을 돌보는 사람이 나지. 우리가 또 가문비나무 술을 빚고 있거든. 그런데 솔직히 말하면 이런 쓸데없는 이야기나 쓰고 있는 내가 너무 바보 같아. 종이에 다 담지 못할 만큼 쓸 내용이 많단 말이야. 사소하지만 굉장히 중요한 내용들이야.

우선, 컬링 양이 정말로 포츠머스에 도착했어. 그러지 말기를 바랐는데. 그래도 기왕 갔으면 그곳에서 오래오래 행복했으면 해. 여기 있으면 따분해하고 분명히 귀찮게 굴었을 거야.

팔찌를 얻었어. 딱 내가 원했던 팔찌야. 마사의 펠리스 천과 함께 도착했는데 그것도 아주 만족스러웠어.

지난번 편지를 다 쓰자마자 디킨스 부인과 시누이 버티 부인이 방문했어. 버티 부인의 남편은 최근 제독이 됐대. 처음에는 F. A. 부인을 만나고 싶었던 것 같지만 우리를 대하는 태도가 아주 친절했고, 디킨스 부인은 로이드 양이 던더스 부인의 친구라는 사실을 알고 우리와 더 가까워지려고 했어. 정말 괜찮은 여성 같아. 태도도 점잖고 웨스트 켄트에 우리와 겹치는 지인이 많더라고. 버티 부인은 폴리곤에 살고 우리가 답방했을 때 집에 없었어. 그 두 가지도 그녀의 미덕이라면 미덕이겠지.

우리 이삿날이 다가오다 보니 지인이 점점 더 많이 모이고 놀거리도 풍부해지고 있어. 그래, 나는 최대한 많은 무도회에 참석해 볼 생각이야. 그래야 연애 사업에 도움이 되지. 우리가 떠난다고 다들 관심이 이만저만이 아니야. 초튼이라는 곳을 알고 아주 예쁜 마을이라며 우리가 묘사하는 집도 다 안다고 하지만 제대로 맞힌 사람은 한 명도 없었어.

나를 향해 그런 관심을 보여 주는 나이트 부인에게는 무척이나 감사한 마음이야. 그분은 내가 파피용 씨와 결혼한다고 확신할 거야. 그쪽에서 꺼리든 내가 꺼리든, 부인에게는 그런 사소한 희생보다는 더 큰 보답을 해야지.

무도회는 생각보다 재미있었어. 마사가 몹시 즐거워했고 나도 끝나기 15분 전에야 처음으로 하품을 했을 정도였지. 9시가 지나 우리를 태워 줄 사람이 왔고 12시가 안 되어 집에 도착했어. 무도회장은 제법 꽉 찼어. 춤추는 사람은 서른 쌍쯤 있었던 것 같아. 보기에 딱한 장면도 있었어. 파트너 없이 외롭게 서 있는 젊은 여성이 수십 명이나 있었는데 다들 양쪽 어깨를 흉하게 내놓고 있더군.

그곳이 우리가 15년 전 춤을 췄던 바로 그 공간이지 뭐야. 모든 순간을 돌이켜보니 나이가 이렇게나 많이 들었다는 게 부끄럽긴 하지만 지금도 그때만큼 행복하다는 사실에 감사한 마음이 들더라. 우리는 찻값으로 1실링을 더 내고 옆에 딸린 편안한 방에서 차를 골라 마셨어.

춤은 네 번뿐이었어. 랜스 자매(그중 한 명도 이름이 에마야)가 파트너를 못 구해 두 곡밖에 추지 못했다는 말을 듣고 어찌나 가슴이 아프던지. 언니는 내가 춤 신청을 못 받았을 거라 생각하겠지만, 아니야. 일요일에 드베르뉴 대령과 만났는데, 그때 만난 신사였어. 이후로 인사를 나누는 사이가 됐거든. 검은 눈동자에 끌려 무도회에서 말을 걸었더니 춤을 같이 추자고 정중하게 나오더라고. 하지만 나는 그의 이름을 모르고, 그는 영어를 잘 모르는 것 같아. 검은 눈동자가 제일 매력적인 부분이었던 것 같아. 드베르뉴 대령은 이제 배를 맡게 되었대.

어제 걷기에 딱 좋은 날씨여서 마사와 나는 치스월에 인사를 하러 갔어. 랜스 부인 혼자 있던 집에 다른 여성 세 명도 찾아왔는데 우리는 그들보다 더 오래 앉아 있었어. 페리를 타고 가서 다리를 건너 돌아왔는데, 피곤함은 거의 못 느꼈어.

에드워드는 지난 이틀 동안 즐거웠을 거야. 언니도 캔터베리까지 시원하게 마차를 타고 달렸겠지. 수요일에는 키티 푸트가 왔어. 늦은 방문이었지만 그때 우리는 마침 저녁 식사의 마지막으로 사과 파이를 먹고 있었지. 우리 집은 5시가 넘어야 저녁을 먹거든.

어제 내니 힐리어드가 나한테—사실은 언니한

테―편지를 보냈어. 해나에게 일자리를 구해 주면 정말 감사하겠다고 말이야. 안타깝지만 나는 도와줄 수가 없네. 바로 답장을 보내지 않을 테니까 언니 쪽에서 가능하다면 알려 줘. 슬로퍼 씨가 또 결혼을 했는데 내니나 다른 사람들 반응이 달갑지 않아. 상대는 로버트 경의 사생아들을 가르치던 가정교사였고 딱히 내세울 장점이 없는 듯해. 하지만 그렇다고 내니가 일자리를 잃을 것 같지는 않아. 해나가 어떤 일을 원하는지, 무엇을 할 수 있는지에 관해서는 한마디도 하지 않았지만 유모나 그 비슷한 일이겠지, 뭐.

가벼운 소식들을 다 전했으니 조금 더 중요한 소식으로 넘어갈게. 바로 삼촌과 숙모가 제임스 오빠에게 연간 100파운드를 지원하기로 했다는 소식이야. 스티븐턴을 통해 들었어. 메리가 숙모의 편지에서 그 부분을 발췌해 보내 줬는데, 아주 다정한 마음으로 친절을 베푸는 거래. 오빠가 햄스테드 성직록을 양심적으로 거절해서 생긴 손해에 대한 보상이라고. 그때 오빠가 그 가치를 연간 100파운드라고 판단했는데, 스티븐턴에서는 처음부터 실제 수입을 킨트버리와 나눌 작정이었나 봐.

지원금을 주기로 했다는 숙모의 글에 어찌나 애정이 가득 담겨 있던지. 역시나 따뜻한 말로 앞으로 더 자주 보자고 희망을 표하셨어. 최근 몇 년간 그렇게 하지 못해 애석하다면서. 하지만 이 일로 어머니의 기분이 나아질 것 같지는 않아. 그래도 성급하게 굴지 말고 조금 더 지켜보자고.

교구 일에 지장을 주지 않는다면 제임스 오빠가 월요일에 오기로 했어. 헐버트 부인들과 머든 양이 손님으로 와 있는데 크리스마스까지는 머물 느낌이야. 애나는 19일에 집으로 오고. 연 100파운드는 3월 25일 이후 처음 지급될 거야.

헨리 오빠와 다시 함께 지낸다니 다행이다. 오빠와 아이들이 함께라면 언니도 즐겁고 때로는 흥겹기까지 한 크리스마스를 보낼 수 있겠지. 헨리 오빠가 10월에 와서 사냥을 즐길 수 있도록 그전까지는 초튼에 자리를 잡고 싶어. 그보다 조금 빨라도 좋고.

에드워드 오빠는 아이들을 윈체스터에 데려다준 후 우리를 방문할 수도 있대. 9월 4일로 정하는 게 좋으려나. 괜찮지 않을까?

전할 소식이 마지막으로 하나 더 있어. 어제 우리가 치스웰에 가 있는 동안 힐 부인이 어머니를 찾아와서는 앨퍼드라는 목사 가족을 아느냐고 물었대. 햄프셔에서 우리 동네에 살았던 사람이라며. 그들이 힐 박사의 교구 근처에 살아서 그들에 관한 정보를 알 만한 사람으로 어떤 여인이 힐 부인을 지목했다는 거야. 그 여인은 바스에서 앨퍼드 부인과 두 딸을 알고 지냈는데 햄프셔를 떠난 후로 소식이 끊겼대. 그들을 위해 만들던 옷과 장식이 있어 전달하고 싶은데 세 모녀가 바스에서 또 어디로 떠났는지 알 방법이 없다고 해. 어머니에게 이 이야기를 듣고 혹시 우리가 그 사람들인가 생각했어. 어머니도 그런 생각을 했다 하시고……. 우리일 가능성이 있는 이유는, 아버지가 맡았던 교구에 현재는 해먼드 씨가 목사로 있다고 언급했다는 점이야. 그 친절한 부인이 누구인지는 도통 모르겠지만 선물이 마음에 들

것 같지는 않아.

　오른손은 이 글을 쓰느라 피곤해졌지만 그렇지 않은 마음으로 모두에게 사랑을 전해.

진심을 담아
J. A.

내 글이
즐거움이라니
기뻐

1809년 1월 24일 화요일, 캐슬 스퀘어에서

켄트 파버셤 고드머셤 파크
에드워드 오스틴 님 댁
오스틴 양 앞

친애하는 커샌드라 언니에게

이번 주 금요일이 아닌 목요일에 편지라는 선물을 줄게. 하지만 일요일 전까지는 답장을 하지 않아도 돼. 언니와 언니 손가락은 바쁠 테니까. 언니 자신을 소중히 잘 다뤄 줘. 너무 무리하지 말고. 커샌드라 고모가 베벌리 양처럼 귀하다는 걸 잊지 말라고.

어제 기쁘게도 찰스의 편지를 받았지만 그 얘기는 최대한 하지 않을 거야. 짜증나는 헨리 오빠도 편지를 받았을 텐데 그러면 내 정보가 다 쓸모없어질 거 아냐. 12월 7일과 10일에 버뮤다에서 쓴 편지였어. 모두 잘 있고, 패니는 여전히 출산을 앞두고 있어. 마지막 항해로 작은 전리품을 챙겼는데 설탕을 가득 실은 프랑스 범선이었대. 하지만 악천후에 잃어버렸고 결국 못 찾았대. 항해는 12월 1일에 끝났댔어. 내가 9월에 보낸 편지가 마지막으로 받은 편지였다고 하고.

오늘로부터 3주 후면 언니는 런던에 가 있겠네. 날씨가 이보다는 좋아야 할 텐데. 이렇게 말한다고 언니가 나쁜 날씨를 피하리라는 법은 없지만 말이야. 요새는 끊임없는 눈과 비, 참을 수 없는 먼지만 왔을 뿐이잖아? 거칠게 몰아치는 바람이나 혹독한 추위는 아직 오지 않았어. 저번에 편지를 쓴 이후로 앞의 날씨들을 종류별로 한 번씩은 다 겪긴 했지만 지나간 불만을 끄집어내는 건 고상한 사람으로서 할 짓이 아니지.

언니는 나를 가증스럽게 이용했어. 에드워드 쿠퍼의 설교를 언급하지 않다니. 나는 언니에게 모든 것을 말하는데, 언니가 내게 감추고 있는 비밀은 대체 몇 개야? 그것도 모자라 "invalid" 끝에 "e"를 붙이는 버릇을 고수하고 말이지! 그러는 바람에 E. 리 부인을 얼핏 베테랑 군인으로 착각하게 됐잖아(프랑스어로 invalide에는 퇴역 군인이라는 뜻이 있다—옮긴이). 리 부인은 좋은 사람이니 이 세상에서 자신의 뛰어난 가치를 더 평온하게 만끽할 운명을 가졌을 거야. 몸이 아주 빠르게 회복되고 있대.

이 반가운 소식은 지난 목요일 북햄에서 온 편지를 통해 들은 거야. 그런데 메리 어머니가 아니라 메리가 보냈다는 사실로 짐작하겠지만 그 집의 소식은 그만큼 반갑지 않았어. 쿠크 부인이 며칠 병상을 벗어나지 못했대. 이후에는 상태가 나아졌고, 메리는 편지로 앞으로도 쭉 회복할 거라며 확신했어. 조만간 다시 소식 전해 달라고 했지.

언니가 전해 준 패니 소식을 듣고 참 기뻤어. 다시는 이렇게 오래 무력해지는 일이 없기를. 우리는 어제 진심 어린 애정을 담아 패니를 생각하고 패니에 대해 이야기했어. 그 아이가 가지고 태어난 모든 행복을 오래도록 즐기기를 빌었지. 주위 사람들에게 행복을 나눠 주는데 패니 자신도 행복을 누려야 마땅하잖아.

내 글이 패니에게는 즐거움이라니 기쁘네. 하지만 패니의 냉철한 비평을 받는다는 생각에 지나치게 걱정하다 내 스타일이 무너질까 봐 고민돼. 벌써 예전과 다르게 여러 단어와 문장을 놓고 고심하고 있단 말이야. 방 구석구석을 살피며 활용할 만한 정서, 예시, 비유를 찾고 있어. 아이디어가 창고에 들어치는 빗물처럼 빠르게 넘쳐흐른다면 얼마나 멋질까.

지난 일주일 사이에 눈이 녹는 것 말고도 두세 가지 끔찍한 상황을 경험했어. 우리와 옷장의 대결은 우리의 패배로 끝나 버렸지. 그 안에 있는 옷을 거의 다 꺼내고 혼자 철벅거리게 놔둘 수밖에 없었어.

언니 편지를 읽고 케일럽에 대한 관심이 싹 사라졌어. 전에 끌리지 않는다고 했던 말은 거짓이었지만 이제는 진심이야. 나는 생각을 강요하는 책이 싫거든. 물론 막상 읽으면 다른 사람들처럼 감탄하겠지만 그전까지는 싫어하려고.

내 시로도 에드워드 오빠의 답장을 이끌어 내지 못했다니 유감이야. 혹시나 하는 기대를 품었는데 오빠는 내 시를 그 정도로 높이 평가하지 않았나 보네. 취향이 확고해서인가? 하지만 나는 완벽하게 고전적이라고 느꼈는데. 호메로스, 베르길리우스, 오비디우스의 시와 라틴어 문법 책처럼.

며칠 전에는 프랭크 오빠의 다정한 편지를 받았어. 거의 3주 만에 온 편지라 무척이나 반가웠지. 금요일에는 명령이 떨어지지 않았고 어제도 없었어. 그랬으면 오늘쯤 소식이 들렸을 텐데. 나는 C. 양이 이곳에서 사촌과 방을 같이 쓸 줄 알았는데 이 편지의 메시지를 보니 아니더라. 다락방을 최대한 편안하게 준비하겠지만 그 방이 편안해질 가능성은 크지 않다고 봐.

어머니는 우리가 살게 될 집에 관해 엘리자와 이야기하고 있어. 착한 엘리자는 우리와 계속 함께할 마음이 있다고 전혀 거리낌없이 말해. 하지만 어머니의 허락을 위해 집에 편지를 쓰기 전까지는 결정을 내릴 수 없지. 어머니는 엘리자가 그렇게 멀리 떨어져 있는 게 불만이야. 초튼에서는 지금보다 9~10마일 가까워질 테니 이 점이 결정에 영향을 미쳤으면 좋겠네.

샐리는 다시 우리 집에 들어오고 싶어서 존 빈스처럼 행동할 작정인 것 같아. 지금까지는 하인으로서 잘하고 있는 듯해.

언니 화분은 다 죽었다고 생각해야 할 것 같아. 상태가 아주 안 좋대.

우리 무도회에 관해 언급하지 않는 것을 보니 너무 궁금해서 말조차 안 나오는 상태인가. 우리는 아주 즐거운 시간을 보냈어. 더 오래 머물 수도 있었지만 리스트 천으로 만든 구두가 도착하는 바람에 집으로 가야 했어. 추운 날씨에 기다리게 하고 싶지 않았거든. 무도회장은 사람으로 가득했고 글린 양이 첫 춤을 췄어. 랜스 자매는 파트너를 구했고, 드베르뉴 대령의 친구는 군복을 입고 등장했어. 캐럴라인 메이틀랜드는 장교와 시시덕거렸고, 스미스 함장이 불참하는 바람에 존 해리슨 씨가 내게 춤을 청하는 역할을 대신 맡았지. 모든 게 순조로웠어. 우리가 랜스 부인의 네커치프를 목뒤에 넣어 핀으로 고정한 후로는 더더욱.

어젯밤에는 애나에게서 해먼드 씨의 무도회에 관해 아주 재미있는 이야기를 상세히 전해 들었어. 유려한 필체가 켄트에도 같은 정보를 전했으리라 믿어. 애나는 더 바랄 것 없이 행복한 시간을 보냈던 것 같아. 자기 엄마가 그날 저녁 주최 역할을 만족스럽게 해내서 더욱 기뻤을 거야. 모임은 내 기대 이상으로 성대했어. 애나가 어떤 모습이었고, 어떻게 춤을 췄는지 나도 직접 봤으면 좋았겠지만, 짧게 잘라 초라해진 머리카락이 외모를 망쳤을 게 뻔해.

마사는 내가 잠자코 있었으면 M. 박사가 최근에 한 행동을 언니가 계속 몰랐을 거라고 멋대로 생각해. 내가 그 일을 아주 가볍게 언급한 것만으로 언니가 판단을 다 내렸다고 추측하나 봐. 사실을 일깨워주고 싶지도 않아. 나는 마사가 어떤 경우에든 행복하기를 바라니까. 마사가 모든 행복을 귀하게 여긴다는 것도 알고. 그리고 우리 둘에게 애정이 넘쳐서 언니 손가락까지도 빨리 나으라고 간절한 소망을 보냈어. 그러니 나도 사소한 결점은 눈감아 줘야지. M. 박사가 성직자라는 점에서 두 사람의 관계는 부도덕하지만 어쨌든 분위기는 점잖으니까.

잘 있어, 언니. 스페인에서 들려온 소식에 가슴이 아프다. 무어 박사가 아들의 죽음을 알지 못해 다행이야.

사랑하는 동생
J. 오스틴

추신

애나의 손은 점점 나아지고 있어. 회복이 너무 잘돼서 문제가 생길 것 같지는 않아.

꼬마 리지와 메리앤에게 특별히 더 큰 사랑을 전해 줘.

포츠머스 신문에 정신병원에서 탈출한 불쌍한 여자의 슬픈 사연이 실렸어. 남편과 딸의 성이 페인이고 켄트 애시퍼드에 산대. 혹시 알아?

날씨가 좋으면
런던까지
걸을 거야

1811년 4월 18일 목요일, 슬론 스트리트에서

켄트 파버셤 고드머셤 파크
에드워드 오스틴 님 댁
오스틴 양 앞

친애하는 커샌드라 언니에게

언니에게 전하고 싶은 사소한 이야기가 너무 많아서 더는 참지 못하고 편지를 써. 화요일은 벤팅크 스트리트에서 보냈어. 마침 쿠크 가족이 그곳에 들러서 올 때 나를 태워 줬고 그러다 보니 사실상 쿠크의 날이 되었지. 내가 그 집에 머무는 동안 롤 자매가 방문했고 샘 아널드도 차를 마시러 왔거든.

안 좋은 날씨 때문에 내 훌륭한 계획이 틀어졌어. 벅퍼드 양을 다시 찾아가려고 했는데 낮부터 비가 그치지를 않네. 메리와 나는 메리 부모님과 헤어져 리버풀 박물관과 브리티시 갤러리로 향했어. 둘 다 좋더라고. 물론 나는 사람을 좋아하니까 그림 구경보다는 사람 구경에 더 집중했지만.

쿠크 부인은 언니가 찾아왔을 때 못 만나 아쉬웠다고 크게 애석해했어. 하인들의 실수로 우리가 가고 나서야 방문한 사실을 알았다는 거야. 건강이 그럭저럭 괜찮아 보이지만 신경 문제는 점점 심해지는 것 같아. 그래서인지 날이 갈수록 메리와 떨어지지 않으려고 하더라.

내가 만일 길드퍼드 길로 가게 된다면 같이 초튼으로 가자고 메리에게 제안했어. 메리도 그랬으면 하는 눈치지만 불가능할지도 몰라. 그때 오빠 중 한 명이라도 집에 있으면 가능할 텐데. 조지가 오늘 그 집으로 올 예정이야.

테오는 화요일 늦게나 만났어. 일퍼드에 가 있다가 그때 겨우 돌아와 언제나처럼 의미도, 악의도, 진심도 없는 정중함을 보여 줬지. 하루 종일 은행에 묶여 있던 헨리 오빠가 퇴근길에 나를 데리러 왔고

15분 동안 사람들에게 생기와 재치를 불어넣어 준 후 나와 전세 마차에 올랐어.

화요일을 무사히 보냈다는 사실에 감사해. 하지만 이럴 수가! 수요일도 화요일 못지않게 할 일이 많았어. 마논과 그래프턴 하우스까지 산책을 가야 했거든. 그 일에 관해서는 할 말이 많아.

안타깝게도 나는 점점 사치스러워져서 전 재산을 축내고 있어. 심각한 문제는 언니 돈도 쓰고 있다는 거야. 체크무늬 모슬린을 사러 간 리넨 가게에서 1야드에 7실링을 냈고, 색이 고운 모슬린의 유혹을 이기지 못하고 언니가 좋아할 것 같아 10야드를 사 버렸어. 하지만 언니 마음에 들지 않는다면 억지로 받지 마. 1야드에 3실링 6펜스밖에 안 해서 전부 내가 가져도 괜찮으니까. 우리가 딱 좋아하는 감촉인데 솔직히 녹색 털실과 비슷해 보이는 점은 아쉬워. 빨간색 점 패턴이 찍혀 있거든. 이제 웨지우드만 사면 심부름은 다 끝난 것 같아.

산책은 아주 즐거웠어. 생각보다 오래 걸리지 않았고 날씨도 화창했어. 아침을 먹자마자 출발해서 11시 반쯤 그래프턴 하우스에 도착했을 거야. 하지만 가게에 들어서니 카운터가 사람들로 발 디딜 틈이 없어 꼬박 30분 기다린 후에야 안내를 받을 수 있었어. 하지만 안내를 받은 후에는 더없이 만족스러운 쇼핑을 했지. 나팔 장식을 2실링 4펜스에 샀고, 실크 스타킹 세 켤레도 한 켤레에 12실링이 안 되는 가격으로 구매할 수 있었거든.

오는 길에 누구를 만났는지 알아? 막 베켄햄에서 돌아오던 무어 씨였어. 내가 불러 세우지 않았다면 나를 그냥 지나쳤을걸. 어쨌든 둘 다 반갑다고 인사를 나눴어. 하지만 조금 들어 보니 새로운 소식이 하나도 없기에 그만 가 보시라 했지.

버튼 양이 아주 예쁘고 귀여운 보닛을 만들어 줬어. 이제 아쉬울 게 없지만 밀짚모자는 꼭 갖고 싶어. 틸슨 부인의 것처럼 승마 모자와 비슷한 형태로 말이야. 이 근처에 사는 한 젊은 여성이 하나 만들어 주고 있어. 나는 정말 형편없을 정도로 돈을 쓰고 있지만 기니 한 닢(21실링 — 옮긴이) 정도면 비싸다고 아끼지 않을 거야. 우리 펠리스(여성용 외투 — 옮긴이)는 하나당 17실링이고 제작비로 8실링만 달래. 하지만 단추가 좀 비싼 것 같아. 아니, 비싸다고 해야지. 명확한 사실이니까.

어제는 틸슨 가족과 또 차를 마시고 스미스 가족도 만났어. 이런 조촐한 모임도 꽤 즐겁더라고. 스미스 부인은 마음에 들어. 비티 양도 다른 점은 눈에 띄지 않지만 성격 자체가 아주 좋아. 내일 저녁도 그들과 보내기로 했는데, 그곳에서 칸텔로 스미스 대령 부부를 만날 예정이야. 언니도 들어서 잘 알지. 스미스 부인의 기분이 좋으면 멋진 노래를 들을 수 있지 않을까?

오늘 저녁에는 연극을 보러 갈 계획이었어. 라이시엄에 같이 가자고 헨리 오빠가 친절하게 준비를 해 줬는데 내가 감기에 걸려 버린 거야. 토요일까지 심해지면 안 돼서 오늘은 종일 집에 있어.

엘리자는 혼자 산책을 나갔어. 지금 엘리자가 처

리해야 할 일이 산처럼 쌓여 있어. 파티 날짜가 정해 졌는데 이제 얼마 남지 않았거든. 다음 화요일 저녁 에 초대를 받은 사람만 80명이 넘고, 음악에 아주 신 경을 쓸 거래. 아마추어 외에 전문 연주자도 다섯 명 불렀는데 그중 셋이 글리 가수라는 거 있지. 패니라 면 관심 있게 들을 거야. 일류 하프 연주자가 있대서 나도 굉장히 기대 중이야. 원래 이 파티는 헨리 에저 턴과 헨리 월터를 위한 저녁 식사에서 시작됐는데 헨리 월터는 전날 런던을 떠난대. 그녀의 편견이 사 라지기를 바랐던 터라 아쉽지만 초대조차 하지 않 았으면 더 아쉬웠을 거야.

지금 나는 엉망이야. 이런 것들에 정신이 팔려 언 니가 있는 곳처럼 훨씬 의미 있는 주변 환경과 사람 들에 영 신경을 쓰지 못하니 말이야. 그래도 진심으 로 언니와 사람들을 생각하고 있고, 모두들 어떻게 지내는지 궁금해. 특히 W. 프라이어스를 찾아간 일 은 어떻게 됐는지도 듣고 싶다. 하지만 사람이 어찌 자기 생각에 마음을 빼앗기지 않을 수 있겠어?

토요일

프랭크 오빠가 칼레도니아호에서 밀려났어. 헨리 오빠가 어제 데이시 씨에게 소식을 듣고 전해 주었는데, 찰스가 한 달 안에 영국에 올 수 있다는 이야기도 같이 들었대. 에드워드 폴른 경이 갬비어 경의 후임으로 왔고 그의 밑에 있는 대령이 프랭크 오빠를 대체한다고 해. 이미 명령이 떨어진 것 같더라고. 헨리 오빠가 오늘 더 자세히 물어보기로 했어. 오빠는 이 일로 메리에게 편지를 썼어. 이건 확실히 생각해 볼 문제야. 헨리 오빠는 프랭크 오빠가 다른 제안을 받을 거라 믿고 있지만, 꼭 받아들일 의무는 없다고 생각해. 그렇다면 이런 질문이 뒤따르지. 이제 뭘 하지? 어디에 살아?

오늘 언니 편지를 받을 수 있으면 좋겠다. 건강, 기력, 외모 등은 어떤지 궁금해. 어제 초튼에서는 굉장히 만족스러운 이야기를 들었어.

오늘 아침에는 날씨만 괜찮으면 엘리자와 런던까지 걸을 거야. 엘리자는 난롯가에 놓을 초를 화요일 안에 구해야 하고 나는 짜깁기용 실을 사야 하거든. 엘리자가 오늘 밤은 연극의 유혹에 빠지지 않겠다고 결심했어. 당트레그 가족과 줄리앙 백작이 파티에 올 수 없다고 해서 처음에는 상심했지만 그 소식을 듣고 엘리자가 연주자들의 요청을 잘 받아 줘서 별 문제는 없을 거야. 그쪽에서 못 온다면 우리가 내일 저녁에 가겠다고 했는데 좋은 생각 같아. 프랑스 사교 모임이 어떻게 돌아가는지 보면 재미있을 거야.

며칠 전에 힐 부인에게 편지를 썼고 아주 다정하고 만족스러운 답장을 받았어. 5월 첫째 주면 언제든 괜찮다니까 내 일정은 확정된 셈이지. 1일이나 2일에 슬론 스트리트를 떠나 9일에 제임스 오빠와 만날 준비를 할 거야. 오빠의 계획이 변경돼도 혼자 알아서 할 수 있고. 이곳 사람들에게 내 생각을 설명했고 모든 계획이 순조롭게 착착 진행되고 있어. 엘리자가 고맙게도 스트리텀까지 나를 데려다주겠다는 거 있지.

어제저녁에는 틸슨 가족을 만났어. 하지만 노래하는 스미스 부부가 핑계를 대고 오지 않아서 스미스 부인의 기분이 상했어.

한참 걷고 마차도 탄 후에 돌아와 보니 기쁘게도 언니 편지가 도착해 있더라고. 제임스 오빠의 시가 있었으면 좋았을 텐데 초튼에 두고 왔네. 초튼에 돌아갔을 때 K. 부인이 허락하면 부인을 통해 보낼게.

오늘의 첫 번째 목적지는 헨리에타 스트리트였어. 오늘 밤에 보려고 한 연극이 운 나쁘게 다른 연극으로 바뀌어서 헨리 오빠와 상의를 해야 했거든. 〈존 왕〉이 아니라 〈햄릿〉을 공연할 거래. 우리는 대신 월요일에 〈맥베스〉를 보러 가기로 했어. 그래도 둘 다 실망이 이만저만이 아니야.

모두에게 안부 전해 줘.

언니를 아끼는
제인

작가가 되다

YOURS
AFFECTIONATELY,
J. A

아무리 바빠도
『이성과 감성』을
잊을 수는 없지

1811년 4월 25일 목요일, 슬론 스트리트에서

켄트 파버셤 고드머셤 파크
에드워드 오스틴 님 댁
오스틴 양 앞

친애하는 커샌드라 언니에게

어제 갑작스러운 편지로 뜻밖의 기쁨을 준 언니에게 보답으로 감사 인사를 하려고 해. 나 원래 깜짝 선물을 좋아하잖아. 편지 받고 정말 행복했어. 그리고 언니의 편지에 관해서는 절대로 사과할 필요 없어. 아주 훌륭했지만, 그 비슷한 편지를 다시 쓰지 못할 정도로 지나치게 훌륭하지는 않았으니까.

에드워드가 더위로 오래 고생하지는 않을 것 같아. 오늘 아침 날씨에서 바람이 기분 좋은 북동풍으로 바뀌려는 조짐이 느껴졌거든. 이곳도 더웠어. 언니 있는 곳이 무더웠으니 이곳 더위도 짐작할 수 있을 거야. 하지만 나는 별로 힘들지 않았고, 시골이었으면 대수롭지 않다고 생각했을 만큼 심한 더위도 아니었어. 다들 더위 이야기를 하고 있지만 나는 그것도 전부 런던 때문이라고 생각해.

새 조카의 탄생을 축하해야겠지! 혹여 그 아이가 커서 교수형을 당하는 날이 온다고 해도 그때는 우리가 너무 늙어 신경 쓸 정신도 없을 거야. 출산이 무사히, 또 신속하게 끝났다니 정말 다행이네. 컬링 자매가 많은 편지를 써야 해서 힘들겠지만 그들도 새로운 활동을 해 보는 게 좋지. 나는 엘리자 양에게서 편지를 받았어. 오빠가 오늘 도착할 수도 있대.

아니, 정말로, 『이성과 감성』을 생각하지 못할 정도로 바쁘지는 않아. 엄마가 젖먹이 자식을 잊을 수 없는 것처럼 나도 그 작품을 잊을 수 없지. 물어봐 줘서 정말 고마워. 두 장을 수정해야 하는데 윌러비가 처음 등장하는 부분까지밖에 못 했어. K. 부인은 5월까지 기다려야 한다는 사실에 고맙게도 몹시 아쉬워했지만 내 생각에는 6월도 어려울 거야. 헨리 오빠도 손 놓고 있지 않았어. 인쇄업자를 재촉했고 오늘도 다시 만날 거래. 오빠가 없어도 일이 중단되지는 않을 거야. 엘리자에게 보내면 되니까.

수입 관련 설정은 그대로지만 가능하다면 수정해 볼게. K. 부인이 관심을 보여 줘서 얼마나 고마운지 몰라. 결과물이 내 평판에 어떤 영향을 끼칠지 모르겠지만 그녀의 호기심이 최대한 빨리 충족되기를 진심으로 기원해. 엘리너는 좋아할 것 같은데 나머지는 잘 모르겠다.

파티는 성황리에 잘 끝났어. 물론 사전에 걱정할 일, 놀랄 일, 성가실 일이 많았지만 결국에는 다 잘 해결됐지. 파티장은 꽃 같은 것으로 장식해서 아주 예뻤어. 벽난로 위의 거울은 자기 집 거울을 제작 중인 사람이 빌려주었고. 에저턴 씨와 월터 씨가 5시 반에 도착했고 파티는 아주 맛 좋은 가자미 두 마리와 함께 시작되었어.

그래, 월터 씨도 왔어. 런던으로 떠나는 날짜를 일

부려 연기했대. 처음에는 그리 달갑지 않았고 일이 이렇게 된 상황도 반갑지는 않았어. 월터 씨가 일요일에 찾아왔을 때 헨리 오빠가 그날 가족 저녁 식사에 초대했고 월터 씨가 초대를 수락하면서 이 파티가 시작된 거였거든. 하지만 이제는 모든 문제가 원만히 해결되었고 엘리자도 월터 씨를 아주 마음에 들어 해.

7시 반에 연주자들이 전세 마차 두 대로 도착했고 8시에는 잘나신 분들이 등장하기 시작했어. 그중에서 조지와 메리 쿠크가 제일 먼저 왔는데 나는 저녁 시간 대부분을 그들과 즐겁게 보냈어. 응접실이 금세 더워져서 상대적으로 선선한 옆 복도로 자리를 옮겼어. 그 덕분에 적당한 거리에서 음악을 감상하고 새로 오는 사람들을 제일 먼저 볼 수 있었지.

나는 아는 사람들에 둘러싸여 있었는데, 대개 신사들이었어. 햄프슨 씨, 시모어 씨, W. 내치불 씨, 길레마드 씨, 큐어 씨, 심프슨 대령과 그 형인 심프슨 대령 외에도 월터 씨와 에저턴 씨 말이야. 쿠크 부부, 벡퍼드 양, 미들턴 양까지 합세해 거의 정신을 차릴 수 없었어.

벡퍼드 양은 딱하게도 예전의 병이 재발해 너무 야위어 보였어. 6월 초에는 확실히 첼트넘으로 간대. 물론 모두와 화기애애하게 시간을 보냈지. 미들턴 양은 무척 행복해 보였지만 런던에서 통할 만큼의 미모는 아니더라.

참가한 인원수가 전부 66명으로 엘리자의 예상을 한참 웃돌았어. 뒤쪽 응접실을 가득 채우고도 모자라 몇 명은 다른 방과 복도로 뿔뿔이 흩어져야 했을 정도라니까.

음악은 더없이 훌륭했어. ⟨Poike de Parp pirs praise pof Prapela⟩로 시작했고(패니에게 전해 줘), 또 기억나는 합창곡으로는 ⟨In peace love tunes⟩, ⟨Rosabelle⟩, ⟨The Red Cross Knight⟩, ⟨Poor Insect⟩가 있었어. 노래와 노래 사이에는 하프 독주곡이나 파트와 피아노 합주곡이 연주되었고. 하프 연주자는 위파트라는 사람이었는데, 나는 처음 들어 보지만 유명한 듯했어. 여성 가수는 데이비스 양이라는 키가 작은 사람 한 명이었어. 머리부터 발끝까지 파란색 옷을 입었고 대중 무대에 서기 위해 교육을 받고 있는 중이라더라. 목소리가 굉장히 좋다는 평이 많았어. 모든 연주자가 받은 돈에 걸맞은 연주를 훌륭히 들려주었고 모두 겸손했어. 아마추어 연주자들은 아무리 설득해도 앞에 나서지 않으려 했고.

모든 손님이 떠났을 때는 자정이 지난 시각이었어. 더 궁금한 부분이 있으면 물어봐. 하지만 이 주제에 관해서는 할 말을 아낌없이 다 한 기분이야.

아까 말한 심프슨 대령이 우리에게 다가와서 막 핼리팩스에서 도착한 다른 대령의 말을 근거로 찰스가 클레오파트라호를 몰고 귀국 중이라 했어. 지금쯤이면 배가 영국 해협에 들어왔을 거라고. 하지만 누가 봐도 술에 취해 있었기 때문에 그 말을 믿어도 될지는 모르겠어. 그래도 기대를 하지 않을 수는 없으니 찰스에게 더 이상 편지를 쓰지 않으려고. 사실은 내가 집에 돌아가고 스티븐턴 일행이 떠난 후에야 찰스가 영국에 도착했으면 좋겠어.

어머니도, 마사도, 편지에서 애나의 행동이 아주

만족스럽다고 하더라. 애나는 여러 가지 변주로 다양한 면모를 보이고 있지만 아직 마지막 단계에 도달하지는 않은 것 같아. 그건 한껏 치장하고 과시하는 모습일 테니까. 세 번째나 네 번째 변주인 지금이 소박하고 예뻐.

언니 라일락은 잎이 났다는데, 우리 라일락은 꽃이 피었어. 마로니에도 많이 피었고 느릅나무는 거의 다 피었어. 일요일에는 헨리 오빠, 스미스 씨, 틸슨 씨와 켄싱턴 가든스로 편안하게 산책을 갔는데 모든 것이 싱그럽고 아름다웠어.

토요일에는 결국 연극을 보러 갔어. 라이시엄에서 〈위선자〉를 봤지. 몰리에르의 〈타르튀프〉에서 따온 옛날 연극인데, 정말 재미있었어. 다우튼과 매슈스의 연기가 좋더라. 여주인공은 에드윈 부인이었는데 연기가 예전과 똑같았어. 시든스 부인을 볼 기회는 없었어. 월요일에 무대에 올랐다는데, 시든스 부인이 출연하지 않을 것 같다는 직원의 말을 듣고 헨리 오빠가 계획 자체를 포기했었단 말이야. 시든스 부인이 나오는 〈콘스턴스〉를 꼭 보고 싶었는데. 너무도 쉽게 나를 실망시킨 그녀에게 욕이라도 해 주고 싶어.

헨리 오빠는 월요일부터 열리는 수채화 전시회에 다녀왔고 언젠가 또 오전에 우리와 가기로 했어. 엘리자가 갈 수 없다면(지금 감기에 걸렸거든) 비티 양을 동행으로 초대할 거야. 헨리 오빠는 일요일 오후에 런던을 떠나는데, 조만간 에드워드 오빠에게 직접 편지를 써 계획을 알릴 거라고 했어.

지금 차가 나오고 있어.

정말 원한다면 모르겠지만 그게 아니라면 색이 있는 모슬린을 굳이 가지지 않아도 돼. 여기서 마차로 보내려면 번거로움을 피할 수 없을 것 같아서 하는 말이야.

엘리자는 일요일에 당트레그로 가는 길에 감기에 걸렸어. 하이드 파크 게이트 앞에서 말들이 갑자기 멈춰 섰거든. 새로 깐 자갈 더미가 높은 언덕으로 보였는지 마구를 당겨도 말을 듣지 않았어. 어깨 통증으로 예민해졌나 봐. 엘리자는 겁을 먹었지. 같이 마차에서 내려 몇 분이나 밤공기를 마시며 밖에 서 있어야 했어. 추위가 가슴까지 스며들었지만 스스로 몸조리를 잘하고 있으니 오래 가지는 않을 거야.

이 일 때문에 월터 씨는 오래 머물지 못하고 커피만 마신 후 돌아갔어. 엘리자는 저녁 시간을 아주 즐겁게 보내며 사람들과 친해지려고 해. 나도 코담배를 너무 많이 피우는 점을 제외하면 그 사람들에게서 딱히 싫은 점을 발견하지는 못했어. 백작은 나이가 지긋하고 굉장히 잘생겼어. 영국인이라 해도 믿을 만큼 매너도 좋아. 아는 것도 많고 취미가 고상한 사람 같아. 근사한 작품도 여럿 가지고 있어 헨리 오빠가 크게 관심을 보였고 엘리자는 그 아들의 음악에 감탄했어. 작품 중에는 루이 14세의 손자인 스페인 필리프 5세의 작은 초상화도 있었는데 그 그림은 내가 봐도 흥미로웠어. 줄리앙 백작의 연주 실력은 굉장하더라.

우리는 라투슈 부인과 이스트 양밖에 보지 못했고, 다음 주 일요일 라투슈 부인의 집에서 당트레그 가족과도 만나기로 방금 약속했어. 하지만 백작은 헨리 오빠 없이 혼자 그 자리를 견뎌야 할 거야. 그 사람이 영어를 할 줄 알면 나도 말을 걸 텐데.

K. 부인에게 차를 끊으라고 권해 본 적 있어? 엘리자가 방금 또 그 얘기를 꺼냈어. 자기가 해 보니 수면의 질이 몰라보게 좋아졌대.

곧 날짜를 정하기 위해 캐서린에게 편지를 쓰려고 해. 아마 목요일이 될 거야. 현재로서 약속이 있는 날은 일요일뿐이야. 엘리자가 감기를 앓고 있으니 그러는 편이 낫지. 오늘 아침 신문에 엘리자의 파티 이야기가 실렸어. 가엾게도 패니 상태가 좋지 않다니 유감이야. 그것이 패니의 행복을 축소시키는 이유겠지. 더는 뭐라 할 말이 없네.

진심을 담아

J. A.

추신

내 대녀에게 특별히 더 사랑한다고 전해 줘.

런던에서
내 소중한 아이가
왔어

1813년 1월 29일 금요일, 초튼에서

햄프셔 오버턴 스티븐턴
오스틴 양 앞

친애하는 커샌드라 언니에게

수요일 저녁 J. 본드 편에 보낸 작은 소포를 받았기를. 그리고 일요일에 또 내 편지를 받아 볼 테니 기대해도 좋아. 오늘 꼭 언니에게 편지를 써야겠다는 생각이 들었거든. 하고 싶은 말이 뭐냐면, 런던에서 내 소중한 아이(『오만과 편견』을 뜻한다 — 옮긴이)가 왔다는 거야. 포커너가 한 권 보내 준 게 수요일에 도착했어. 한 권은 찰스에게 줬고 또 한 권은 마차 편에 고드머섐으로 보냈다고 헨리 오빠가 세 줄 적어

놓았더라……. 오늘 우리 신문에 처음으로 광고가 실렸어. 가격은 18실링이야. 다음 두 권은 1파운드 1실링을, 가장 재미없는 작품은 1파운드 8실링을 부르라고 해야지. 책이 도착한 그날 B. 양이 우리와 식사를 했는데 그녀에게 1권 절반을 읽어 주었어. 그 전에 이런 작품이 곧 나온다는 소식을 헨리 오빠에게 전해 듣고 출간되면 곧장 보내 달라 했다는 말을 해 두었지. 의심 없이 속아 넘어간 것 같았어(『오만과 편견』의 초판은 저자 이름을 밝히지 않고 '어느 숙녀 지음By a Lady'이라고만 적힌 채 출판되었다. 이 장면에서 제인은 다른 작가의 작품을 읽는 척 이웃을 속이고 있다 — 옮긴이). 가여운 사람, 얼마나 재미있어 하던지! 그런 두 인물이 이야기를 이끌어 나가니 좋아하지 않을 수가 있나. 하지만 엘리자베스는 진심으로 좋아하는 것 같았어. 사실 나는 엘리자베스가 지금까지 책에 등장한 그 어떤 인물보다도 매력적이라고 생각해. 다른 건 몰라도 엘리자베스를 좋아하지 않는 사람이 있다면 내가 과연 견딜 수 있을까? 나는 모르겠어. 책을 보니 뻔한 오타가 몇 개 있네. "그가 말했다"나 "그녀가 말했다"는 누구 대사인지 더 빠르게 이해하게 되는 효과가 있긴 해. 하지만 나는 그렇게 독창성 없이 둔한 사람들을 위해 글을 쓰는 게 아니야. 2권은 생각보다 짧아서 아쉽지만 실제로 보면 큰 차이가 나지는 않아. 이 부분은 서술의 비중이 크니까. 하지만 내가 잘 자르고 다듬어서 전체적으로 『이성과 감성』보다 짧아진 것 같아. 이제 다른 글을 좀 써 보려고 해.

『오만과 편견』에
그늘이 필요해

1813년 2월 4일 목요일, 초튼에서

햄프셔 오버턴 스티븐턴
오스틴 양 앞

친애하는 커샌드라 언니에게

편지 정말 기쁘게 잘 받았어. 편지에 가득한 칭찬도 고마워. 도착한 시기도 딱 알맞았어. 그전까지 혐오감에 시달리고 있었거든. 저녁에 두 번째로 B. 양에게 책을 낭독해 주었지만 이번에는 기분이 썩 좋지 않았어. 너무 성급하게 낭독하려는 어머니 때문이었던 것 같아. 어머니도 캐릭터들을 완벽하게 이해하지만 그 캐릭터처럼 말하지는 못하시더라고.

그래도 전반적으로는 제법 자랑스럽고 만족스러

워. 작품이 너무 밝고 가볍고 반짝거리기는 하지. 그늘이 필요해. 가능하다면 논리에 맞는 긴 챕터로 여기저기 늘려 줄 필요도 있어. 그게 불가능하다면 이야기와 상관없이 겉보기에는 그럴듯하고 진지한 헛소리라도 넣었어야 했나. 글쓰기에 관한 에세이라거나, 월터 스콧에 관한 비평이나, 보나파르트의 역사처럼. 뭔가 대비를 줘서 소설 속의 장난과 풍자를 독자들이 더 즐길 수 있을 만한 것들 말이야……. 인쇄 과정에서 생긴 가장 큰 실수는 3권 220쪽에 있어. 두 개의 대사가 하나로 합쳐졌네. 롱본 저녁 식사 장면은 없어도 될 뻔했지만 베넷 부인이 메리턴 시절의 습관을 버리지 못해서 그랬다고 하면 되겠지.

다시 부인을
만났어

1813년 5월 24일 월요일, 슬론 스트리트에서

친애하는 커샌드라 언니에게

편지 보내 줘서 정말 고마워. 걱정스러운 아침을 보내고 편지를 쓰려면 귀찮았을 텐데. 언니 편지가 타이밍 적절하게 도착한 덕분에 렘넌트로 안 가고 크리스천에 갈 수 있었어. 거기서 패니에게 줄 줄무늬 무명을 샀지.

전날(금요일)은 예정대로 레이턴에서 어머니의 가운을 샀어. 7야드에 6실링 6펜스였지. 그런 다음 10번지로 걸어갔는데 먼지로 뿌옇고 복잡했지만 가는 길의 분위기는 아주 좋았어. 이후에 새 계좌가 개설되는 모습을 지켜보는 것도 굉장히 재미있었고. 헨리 오빠와는 스프링 가든스 전시회를 보러 갔어. 작품성이 좋은 전시는 아니었지만 나는 만족했어. 빙리 부인과 똑같이 생긴 작은 초상화를 발견해서 더 좋았어(패니에게 꼭 전해 줘).

동생 중 한 명이라도 보지 않을까 하는 기대를 품었지만 다아시 부인은 없었어. 그래도 대전시회에서는 볼 수 있겠지. 시간이 있으면 가 보려고 해. 조슈아 레이놀즈 경의 전시회에서는 그녀를 볼 가능성이 없을 거야. 마침 지금 펠멜가에서 전시를 하고 있어 우리도 가 볼 생각이야.

빙리 부인의 초상화는 정말 완벽하게 똑같아. 체구며, 얼굴형이며, 이목구비며, 다정한 분위기며. 이렇게 닮은 그림은 본 적이 없어. 흰 드레스를 입고 녹색 장신구를 착용했는데 그동안의 내 추측을 확신하게 됐지. 빙리 부인이 녹색을 제일 좋아한다는 거. 장담컨대 다아시 부인은 노란색이야.

금요일은 날씨가 최악이었어. 외출했다가 쉴 새

없이 비를 퍼붓는 폭풍우를 만났고 다른 것들도 있었지만 그나마 천둥소리가 들리지는 않았어. 토요일은 훨씬 나았지. 건조하고 쌀쌀했거든.

디미티 천은 2실링 6펜스를 주고 샀어. 싸게 샀다고 자랑하는 것은 아니지만 사세넷도 디미티도 질 좋은 것으로 잘 골랐어.

언니 로켓도 샀지만 어쩔 수 없이 18실링을 줘야 했어. 언니가 예상한 가격보다는 비쌀 거야. 깔끔하고 소박한 디자인이고 금으로 세팅을 한 제품이야.

토요일에는 서머싯 하우스 전시회에 가려고 했어. 그런데 헨리에타 스트리트에 이르렀을 때 누가 샘프슨 씨를 찾는 거야. 그를 찾는다고 틸슨 씨와 런던을 돌아다니다 시간이 너무 늦어 전시회도 못 보고 집으로 돌아오고 말았어. 결국에는 샘프슨씨도 못 찾고.

틸슨 부인이 찾아와서 편지 쓰기를 잠깐 멈췄어. 딱하기도 하지! 오늘 밤 레이디 드러먼드 스미스의 파티에 참석하지 못할 위기에 빠졌대. 버넷 양이 데려간다고 했는데 버렛 양이 감기에 걸려서 못 간다는 거야. 이제 믿을 사람은 우리 사촌 캐럴라인뿐이야.

어제 있었던 일들을 설명하자면 아침에는 벨그레이브 예배당에 갔고 비가 와서 세인트 제임스 저녁 예배에는 참석하지 못했어. 햄프슨 씨가 방문했고 발로우 씨와 필립스 씨가 우리 집에서 식사를 했고 틸슨 부부가 언제나처럼 저녁 시간에 들렀어. 틸슨 부인은 목요일과 토요일에도 우리와 차를 마셨고, 틸슨 씨는 매일 저녁 외식을 하다가 금요일에 우리와 함께했고 내일 저녁은 자기 집으로 오라고 초대했어. 버렛 양과 만나기를 바라는데 어떻게 될지는 나도 모르겠다. 헨리 오빠와 햄스테드로 드라이브를 가자고 얘기하는 중이라 겹칠 수도 있거든.

나도 버렛 양을 무척이나 만나 보고 싶지만 나를 소개받고 싶다는 말을 들으니 겁이 나네. 내가 들짐승처럼 행동해도 어쩔 수 없어. 그건 내 잘못이 아니라고.

런던을 떠난다는 계획은 변함이 없지만 화요일은 되어야 언니와 만날 수 있을 거야. 월요일은 너무 이르다는 게 헨리 오빠의 생각이라. 그렇다고 더 오래 머물 걱정은 하지 않아도 돼.

옷을 어떻게 보낼지는 아직 결정하지 못했어. 내 트렁크만 마차로 보낼 수도 있고, 판지 상자와 함께 보낼 수도 있고. 언니의 조심스러운 조언대로 힐 부인에게 편지를 썼어.

호블린 부부가 우리를 저녁 식사에 초대했지만 거절했어. 헨리 오빠가 돌아오면 외식할 일이 굉장히 많아질 거 아냐. 그때는 혼자 있을 테니 초대받기가 더 낫지. 다들 오빠를 초대하려 할 거고, 오빠도 흔쾌히 초대를 받아들일 거야. 헨리에타 스트리트에 자리를 잡기 전까지는 언니나 내가 다시 오기를 원하지는 않을 것 같아. 내 추측은 그래. 오빠가 진정한 의미로 정착다운 정착을 하려면 늦가을은 되어야 하지 않을까. 9월은 지나야 "머물러 살 것이다"라고 말할 수 있지.

지금 이 집을 계약하려고 하는 신사가 있어. 본인

은 시골에 있는데, 며칠 전에 그의 친구가 와서 보고 전체적으로 만족했나 봐. 신사는 한 번에 500기니를 지불하는 것보다는 세를 올리는 편이 낫다는 입장이야. 그게 유일한 문제라면 별 어려움 없이 해결되겠지. 헨리 오빠는 어느 쪽이든 상관없대.

우리를 위해 수요일, 목요일, 금요일 가능한 한 최고의 날씨를 준비해 줘. 헨리로 가는 길에 윈저에 들를 계획이라 무척 신나. 찰스 일행이 출발하고 2~3시간 후인 12시쯤 슬론 스트리트를 떠날 거야. 못 봐서 아쉽겠지만 언니 방을 다시 차지할 수 있으니 얼마나 좋아. 차와 설탕도!

클루즈 양이 차도를 보이지 않는 것 같아 걱정이야. 나아졌으면 언니가 말했을 텐데. 특별한 연락이 오거나 마음이 가는 일이 생기기 전까지는 당분간 편지를 쓰지 않을래. 헤링턴 씨의 청구서와 영수증을 동봉해.

패니의 편지를 감사히 잘 받았어. 편지를 읽고 깔깔 웃었지만 답장하겠다고 약속하지는 못할 것 같

아. 설령 시간적 여유가 있어도 D. 양이 쓸 법한 편지를 짐작할 수 없어서 말이야. 빈 양이 건강을 회복하길, 그리고 오늘 언니와 편안히 저녁 식사를 하기를 바랄게.

월요일 저녁

대전시회와 J. 레이놀즈 경 전시회 둘 다 갔는데 모두 실망스러웠어. 다아시 부인과 비슷한 그림이 어디에도 없지 뭐야. 이제는 다아시 씨가 그녀의 그림이라면 뭐든 소중히 여겨 대중 앞에 보이는 것을 꺼린다고 상상할 수밖에 없어. 다아시 씨라면 사랑, 자부심, 섬세함이 섞인 그런 감정을 느꼈을 거야.

실망은 했지만 그림들에 둘러싸여 정말 즐거운 시간을 보냈어. 개방된 마차를 타고 달리는 것도 아주 기분 좋았고. 혼자만의 고상함을 만끽했고 언제든 어디에 있든 웃음이 나올 것 같았어. 내가 사륜마차를 타고 런던을 돌아다닐 권리를 가지고 태어난 사람이 맞을까 하는 생각이 들어서 말이야.

헨리 오빠가 에드워드 오빠 주려고 클라레 포도

주 세 상자를 사서(저렴한 가격에) 초튼으로 보냈다고 전해 달래.

목요일 저녁에 레딩까지밖에 못 갈 수도 있어. 그렇다면 스티븐턴에는 다음 날 저녁 시간은 되어야 도착하겠지. 하지만 내가 뭐라고 쓰든, 언니가 뭐라고 상상하든, 실제로는 다른 상황이 펼쳐지겠지. 내일 아침은 조용히 보내려고 해. 할 일은 다 끝냈고 호블린 부인을 비롯한 몇몇 사람들 집에만 다시 방문하면 되거든.

사랑을 전해 줘…… 모두에게.

애정을 담아
J. 오스틴

여행자에게
화창한 날씨가
계속되기를

1813년 9월 15일 수요일 8시 반, 헨리에타 스트리트에서

그레이 씨 편에
초튼의 오스틴 양에게 보냄

친애하는 커샌드라 언니에게

나는 지금 식당 겸 거실에 앉아 온 힘을 다해 편지를 쓰기 시작했어. 패니도 옷을 갈아입는 대로 와서 편지를 쓸 거야.

여행은 아주 좋았어. 날씨도 화창하고, 길도 깨끗하고. 처음 세 역까지는 1실링 6펜스였는데, 사고라면 말 때문에 킹스턴에서 15분 지체된 것 하나뿐이야. 전세 마차의 말 한 쌍과 마부를 구해야 했거든. 그러는 바람에 바깥 좌석에 리지가 앉을 자리가 없

어 리지는 마지막 구간을 첫 번째와 마찬가지로 이동했어. 우리 넷 다 내부에 탔다는 얘기야. 조금 비좁았지.

우리는 4시 15분에 도착해 마부의 환영을 받았어. 그다음으로는 우리가 계단 아래 다다르기도 전에 그의 주인, 윌리엄, 펭기르드 부인이 차례로 맞아주었고. 비지옹 부인은 우리를 위해 아래층에서 수프, 생선, 자고새 고기, 푸딩, 사과 타르트로 맛있는 저녁을 준비하고 있었어. 우리는 씻고 옷까지 갈아입고 나서 5시 직후 의자와 의자 사이의 간격이 널찍하다고 느끼며 식탁에 앉았지. 우리 방에 작은 드레스룸이 딸려 있어 패니와 나는 아주 편안하게 지내고 있어. 가엾은 엘리자의 침대를 우리가 쓰게 되어 사방으로 공간도 넉넉하고.

세이스는 6시 반경 무사히 도착했어. 7시에 마차를 타고 라이시엄으로 출발했고 약 4시간 반 후 다시 집으로 돌아왔어. 그런 다음 수프와 와인, 물을 마시고 각자의 방으로 향했어.

에드워드는 자기 방이 굉장히 아늑하고 조용하

대. 더 부드러운 펜을 찾아야겠다. 이 펜은 너무 단단해 괴로운걸. 크래브 씨는 아직 보지 못했어. 마사 편지는 우편으로 보냈고.

이제는 짧은 문장만 쓸 거야. 한 줄에 마침표를 두 개씩은 꼭 찍어야지. 레이턴 앤드 시어는 베드퍼드 하우스에 있어. 가능하다면 아침 식사 전에 가 볼 생각이야. 할 일은 많은데 시간이 없다는 생각이 점점 강해지고 있거든. 이 집은 굉장히 멋져 보여. 꼭 슬론 스트리트가 이곳으로 옮겨 온 것 같다니까. 패니는 오지 않았지만 에드워드가 내 옆에 앉아 편지를 쓰기 시작했어. 자연스러운 모습이야.

헨리 오빠는 예전의 그 안면 통증이 재발해 고생하고 있어. 매틀록에서 감기에 걸렸는데 돌아온 후로 그동안의 즐거움에 대한 약간의 대가를 치르는 중이지. 이제 거의 다 나았지만 얼굴이 홀쭉해졌어. 아파서 그런 건지, 여행이 피곤해서 그런 건지. 피곤하기는 굉장히 피곤했을 거야.

레이디 로버트가 『오만과 편견』을 좋아한대. 작가가 누구인지 알기 전에도 정말로 마음에 들어 했다나 봐. 물론 이제는 나라는 걸 알지. 내가 그러기를 원한다고 생각했는지 오빠가 뿌듯해하며 알려 줬거든. 오빠에게 직접 듣지는 못했고, 패니에게 그렇게 말했다더라. 헤이스팅스 씨도! 그런 사람이 내 책에 관해 글을 쓰다니 너무 기뻐. 헨리 오빠가 데일스퍼드에서 돌아와 책을 보냈대. 하지만 언니도 편지 내용을 듣게 되겠지.

이제 다시 이성적으로 한 줄에 두 문장씩 써야겠어.

어젯밤 극장에서 헨리 오빠와 얘기를 나누었어. 스펜서 씨의 개인석에 있었는데 훨씬 편안하더라. 좌석이 무대에 붙어 있어서 일반석에 비하면 피로감도 거의 느끼지 못했어. 그나저나 오빠의 계획은 바람직하지 않아. 29일 이후에나 초튼에 간대. 10월 5일까지는 다시 런던으로 가야 하고. 며칠 꿩 사냥을 하고 바로 돌아오겠다고 하더라. 오빠 계획은 언니를 같이 데리고 온다는 거야. 언니가 주저한다고 말해 줬지. 오빠는 언니 편한 시간에 맞추겠다면서 언니가 늦게 올 수밖에 없으면 언제든 배그샷까지 마차를 보내겠대. 거기까지는 언니가 어렵지 않게 올 수 있다고 생각하는 것 같아. 나는 가능할지 모르겠어. 오빠는 언니가 옥스퍼드셔까지 함께 가는 방안도 제의했어. 처음에는 오빠만의 생각이었거든. 그런데 언니에게 좋은 기회 같아서 얼른 붙잡았어.

오빠와 오늘 아침 다시 의논했는데(둘 다 아침 먹고) 언니가 다른 부분에서 맞출 수 있다면 괜히 오빠 때문에 망설일 필요는 없다는 확신이 생겼어. 그러니 3일이나 4일에 함께 돌아올 수 없으면 애들스트롭으로 갈 방법을 강구해 봐. 이달 중순을 지나 떠나는 일정으로 잡는다면 얼마든지 가능하다고 생각해. 언니라면 처음부터 다시 고민해 보겠지만. 오빠가 더 일찍 언니를 만나러 갈 계획이면 좋을 텐데, 어쩔 수 없지.

헨리 오빠에게 H. 부인과 B. 양에 대해서는 아무 말도 하지 않았어. 문제가 있다고 지레짐작할까 봐. 두 사람을 우리 방에 묵게 하면 어때? 내 생각에는 그게 최선 같아. 하녀 입장에서도 바로 옆에서 편하게 모실 수 있고.

아아, 나는 왜 이럴까! 대체 언제까지 편지를 쓰려고 이러지. 아침 식사 전에 레이턴 앤드 시어에 다녀왔어. 예쁜 영국산 포플린이 4실링 3펜스였고 아일랜드산 포플린은 6실링이었는데 확실히 더 예쁘더라. 아름다워.

패니와 두 아이는 오늘 밤 코번트 가든에 〈비밀 결혼〉과 〈미다스〉 표를 사러 갔어. 〈미다스〉는 리지와 메리앤에게 아주 즐겁게 볼 만한 공연일 거야. 어젯밤에는 〈돈 후안〉을 재미있게 봤고 11시 반 넘어 그를 지옥에 두고 일어났어. 허풍쟁이 광대 스카라무슈와 유령도 나와서 신나게 즐겼지. 아이들 반응을 대신 전하는 거야. 내 즐거움은 매우 잔잔했고 나머지도 차분했어. 〈돈 후안〉이 세 개의 음악극 중 마지막이었어. 〈브라이턴에서의 5시간〉은 3막으로 구성됐는데 우리가 도착했을 때는 이미 1막이 끝나 있었지만 별로 아쉽지 않았어. 〈벌집〉이 그보다는 덜 지루하고 덜 경박하더라고.

방금 멋지고 다정한 에드워드가 5파운드를 주고

갔어. 패니도 비슷한 선물을 줬고. 언니가 이곳에서 더 여유롭게 보낼 수 있도록 가능한 한 아껴 둘게. 샤프 양의 편지도 받았는데 별다른 내용은 없었어. 패니 케이지의 편지도 오늘 아침 도착했어.

4시

티커스 부인, 헤어 양, 스펜스 씨를 방문하고 막 돌아왔어. 지금 홀 씨가 집에 와 있고. 그가 패니의 머리를 매만지는 동안 편지를 조금 더 써 볼게.

헤어 양이 예쁜 모자를 몇 개 가지고 있었는데, 그중 하나와 비슷한 모자를 만들어 주겠대. 그 대신 파란색 말고 흰색 새틴으로. 흰 새틴과 레이스로 만들고 왼쪽 귀 부근에 앙증맞은 흰 꽃이 튀어나오는 형태가 될 거야. 해리엇 바이런(영국의 소설가 새뮤얼 리처드슨이 쓴 『찰스 그랜디슨 경의 이야기』에 나오는 인물—옮긴이)의 깃털처럼 말이지. 1파운드 16실링까지는 써도 좋다고 말했어. 드레스는 사방에 흰색 리본을 주름 잡아 장식한대. 그러면 예쁠 거라면서. 나는 잘 모르겠어. 흰색 장식을 정말 많이 사용하더라.

티커스 부인의 딸에게 아주 재미있는 이야기를 들었어. 요새 코르셋은 가슴을 억지로 끌어 올리도록 만들지 않는대. 그건 적절하지도, 자연스럽지도 않은 방식이었다고. 예전처럼 어깨를 과하게 드러내지 않는다는 말도 정말 반가웠어.

스펜스 씨에게 가는 일은 정말 힘들었고 많은 눈물을 쏟아야 했어. 불행히도 처음에는 그냥 보기만 하고 아무것도 못 해서 한 번 더 찾아갔다니까. 처음은 12시 반에, 두 번째는 3시 이후에 방문했어. 두 번 다 아버지가 동행했는데, 어휴! 내일 또 가야 해. 리지의 치료가 아직 끝나지 않았거든. 이를 뽑지는 않았고 앞으로도 뽑을 일은 없을 거야. 하지만 스펜스 씨는 내 구강 상태가 아주 안 좋고 치아가 유난히 약하다고 생각하는 것 같아. 전부 세척한 후에 갈았고 내일 또 갈러 가야 해. 앞니 두 개 사이에 구멍이 흉하게 나 버렸지 뭐야.

목요일 아침 7시 반

일어나 옷을 입고 소포 보내기 전에 편지를 마무

리하려고 아래층으로 내려왔어. 8시에는 마담 B.와 약속이 있어. 아래층에서 내게 보여 주고 싶은 게 있대. 9시에는 그래프턴 하우스로 출발할 예정이니 아침 식사 전에 끝내려고. 에드워드가 고맙게도 같이 걸어가 주기로 했어. 11시 5분까지는 다시 스펜스 씨의 치과에 가야 하고 이후로 4시까지는 마차를 타고 돌아다니게 될 것 같아. 가능하다면 틸슨 부인도 찾아가 볼 생각이야.

홀 씨는 어제 정확한 시간에 도착해 내 머리를 엄청나게 구불구불한 모양으로 만들어 놨어. 너무 흉측해서 머리에 딱 맞는 모자를 쓰고 싶었지만 옆에서 예쁘다고 반응하니 뭐라 할 말이 있어야지. 머리에 얇은 벨벳 띠만 둘렀어. 하지만 감기에 걸리지는 않았어. 나와 잘 맞는 날씨가 이어지고 있거든. 언니와 헤어진 후로 얼굴의 통증도 사라졌어.

우리는 자리를 잘 잡아서 특별 관람석 옆 관람석 1열과 2열에 앉았어. 당연히 나이 든 어른 셋이 뒷줄에 앉았지. 나는 무엇보다도 크래브 씨를 못 봐서 실망했어. 관람석이 진홍색 벨벳으로 장식된 것을 보고 그가 나온다고 확신했는데 말이야. 새로운 테리 씨는 오글비 경이었는데 헨리 오빠는 그에게 잠재력이 있다고 생각하더라. 하지만 연기는 평범한 수준이었어. 나는 연극보다 〈미다스〉와 관련된 추억을 곱씹는 게 더 좋았어. 아이들은 굉장히 재미있어했지만 그래도 〈돈 후안〉이 낫대. 나도 잔혹함과 욕망이 결합된 이 인물보다 더 흥미로운 캐릭터는 무대 위에서 본 적이 없어.

어제는 소모사를 사지 못했어. 밤에는 언니를 데려오라고 에드워드 오빠가 헨리 오빠에게 강하게 말하는 소리를 들었는데, 11월 징세가 끝나면 헨리 오빠가 언니를 데리러 가게 될 것 같아. 『이성과 감성』에 관해서는 전할 말이 없어. 책이 너무 늦게 도착해서 오빠가 손도 못 대고 떠났거든. 헤이스팅스 씨는 엘리자를 언급도 하지 않았어. 헨리 오빠는 트리머 씨가 세상을 떠난 걸 모르고 있었더라. 언니가 또 묻지 않도록 미리 대답하는 거야.

올턴에 새로운 서기가 왔어. 에드먼드 윌리엄스

라는 청년인데 일을 아주 잘한다고 헨리 오빠가 평가하더군. 그런데 알고 보니 불운하기로 유명한 그 로브너 플레이스의 윌리엄스 가문 출신인 거 있지.

헤이스팅스 씨가 『오만과 편견』을 어떻게 생각하는지 언니에게 꼭 들었으면 좋겠다. 엘리자베스를 그렇게 좋아한다니 더 기뻐.

남은 돈을 언니를 위해 아껴 두려고 했는데 그냥 내가 스스로에게 주는 선물로 써 버리려고. 레이튼 앤드 시어에서 사고 싶은 포플린 천을 찾을 수 있었으면 좋겠다. 만약 사면 초튼으로 보낼게. 반은 언니 것이니까. 언니가 받아 줄 거라 믿고 있어. 그러기 위해 샀으니 받아 주면 정말 기쁠 거야. 아무 말도 하지 마. 언니가 고를 수도 있으면 좋을 텐데. 20야드를 보낼게.

지금부터는 바스 소식이야. F. 케이지는 가엾게도 사고로 굉장히 고생하고 있어. 화이트 하트의 소음을 못 견디겠대. 그 덕에 그녀는 한동안 조용하겠어. 다른 일행들만큼 그곳에 만족하지는 않는 듯해. 본인 말마따나 몸이 좋지 않아서 그럴 수도 있지만, 성수기였으면 더 나았을 것 같대. 요새는 거리에 사람이 없고 상점도 기대만큼 화려하지 않은가 봐. 로라 플레이스 모퉁이에 있는 헨리에타 스트리트 1번지에 머물고 있고 아직까지는 브램스턴 가족이 유일한 지인이래.

레이지 브리지스는 크로스 바스에서, 아들은 핫 바스에서 온천수를 마시고 루이자는 온천욕을 할 거래. 패리 박사는 브리지스 씨를 반쯤 굶겨 죽일 작정인가 봐. 제임스와 비슷하게 식단을 제한하고 있어. 빵, 물, 고기만 먹는데 고기도 원하는 만큼 먹지는 못해. 또 통풍과 상관없이 걷기 운동도 굉장히 많이 시켜. 쓰러질 때까지 걸으라는 것 같아. 정말 그런 목적이라니까. 과장이 아니야.

언니와 나, 여행자와 모두에게 화창한 날씨가 계속되기를. 오후에 산책 꼭 나가고…….

젊음의
달콤한 대가

1813년 9월 23일 목요일, 고드머셤 파크에서

친애하는 커샌드라 언니에게

오늘 받은 아름다운 작품에 오백사십 번의 감사 인사를 전해. 아침 식사 중에 그보다 못한 편지들과 함께 방으로 배달되어서, 아주 기쁜 마음으로 읽었어. 좋은 소식도 나쁜 소식도 전부 반가웠어. 놀라운 정보가 가득해 어디에서부터 답장을 시작해야 할지 난감하네. 옷이 좋겠다.

포플린이 마음에 든다니 정말 다행이야. 어머니는 괜찮다고 할 것 같았는데 언니 반응은 확신하지 못했거든. 선물이라는 사실을 명심해. 거절하지 말고. 나 돈 많으니까.

클레멘트 부인이 아들을 낳았다니 축하할 일이네. 혹시 축하 인사를 전할 거면 내 인사도 같이 전해 줘. 몸 건강히 회복하기를 바란다고도. 부인의 언니 H. 깁스 부인은 출산의 여신답게 지나치게 잘 회복하는 느낌이네. 메리 P.가 일요일에 편지를 보냈는데 사흘이나 소파에 누워 있었대. 새크리는 못마땅해했다나 봐.

헐버트 부인이 언니에게 가지 않는다니 다행이네. 꿀 소식도 기뻐. 안 그래도 며칠 전에 생각하고 있었는데. 새로운 차와 백포도주를 개시하면 꼭 알려 줘. 지금 우아한 삶을 누리고 있다 해서 그런 데 관심이 사라진 것은 아니야. 고양이는 쥐를 보면 반응하기 마련이잖아.

우리 모자가 마음에 들었다니 기쁘다. 그런데 패니는 벌써 싫증이 났어. 새로운 무늬 없이 새 모자를 샀다는 사실을 깨달았거든. 맞는 말이긴 해. 패니는 무슨 불행인지 자기 드레스도, 모자도 마음에 들어

하지 않는데 나는 그러거나 말거나 개의치 않아. 내가 보기에 둘 다 예쁘기도 하지만, 그 나이에 한 번씩 겪고 지나가는 증상이잖아. 성급한 결정으로 비싼 물건을 선택하는 것도 젊음의 달콤한 대가지.

어제 찰스에게 편지를 썼는데 오늘 패니가 찰스 편지를 받았어. 언제 오는지 물으려고 보냈던데 내 편지가 대답이 됐을 테니 조만간 주간 일정을 정해 답장하겠지. 캐시가 언니에게 가지 않았다는 소식이 제일 반가워.

어디 보자, 마지막 편지 이후로 뭘 했더라? 내치불 형제가 월요일 저녁 식사 직전에 들렀어. 에드워드 오빠가 두 어른과 교회에 갔지만 아직 비문을 정하지는 않았대. 아주 온화하고 정중한 사람들이지만 특별히 섬세한 면은 없잖아. 아무튼 저녁 먹고 차도 마신 후 우리 품에 사랑스러운 워덤을 안겨 주고 떠났어. 언니가 패니와 내 모습을 봤어야 했는데. 자러 가기 전에 친츠(꽃무늬가 염색된 면직물—옮긴이)로 만든 반바지를 들고 하얀 방으로 이리 뛰었다 저리 뛰었다 하는 꼴이라니. 우리가 끝내기도 전에 그 애가 찾아올까 봐 얼마나 벌벌 떨었는지. 하녀가 잘못 준비해 놓고는 이미 자러 갔거든.

워덤은 아주 무해한 청년 같아. 딱히 좋은 점도, 나쁜 점도 없다고 할까나. 아침에는 다른 사람들과 사격이나 사냥을 하러 나가고 저녁에는 휘스트(카드놀이의 일종―옮긴이)를 치며 이상한 표정을 짓는다니까.

아직
『이성과 감성』 광고를
한 번도 못 봤어

1813년 11월 3일 수요일, 고드머셤 파크에서

런던 코번트 가든 헨리에타 스트리트 10번지
오스틴 양 앞

친애하는 커샌드라 언니에게

대단한 생일을 기념해 편지를 써. 펜이 글씨를 큼직하게 쓰고 싶은 모양이니 줄 간격을 아주 빽빽하게 쓸게. 어제 에드워드 오빠와 캔터베리로 마차를 타고 떠나기 직전에 마침 언니 편지를 읽어서 가는 동안 오빠에게 내용을 요약해 줄 수 있었어.

헨리 오빠가 기력을 되찾고 있다니 진심으로 기쁘다. 이번 주 날씨가 좋아서 매일 나갈 수 있었으면 좋겠네. 다음 주 계획을 실행할 체력을 회복하려면 그 방법이 최선이니까. 견딜 수 있으면 옥스퍼드셔 생활이 더 만족스러울 테니 회복에도 도움이 될 거야.

혹시 내가 에드워드 오빠의 계획을 자세히 설명하지 않았던가? 이거야. 13일 토요일에 로섬으로 가서 일요일을 보내고 월요일에 런던으로 이동해 저녁을 먹은 후 헨리 오빠가 괜찮다면 하루를 같이 보낼 거야. 아마 화요일이 되겠지? 그런 다음 수요일에 초튼으로 내려가려고 해.

하지만 지금은 헨리 오빠와 조금이라도 시간을 보내지 않으면 마음을 놓을 수 없을 것 같아. 오빠가 원하지 않는다면 모를까. 오빠 건강이 좋지 않고 특별히 할 일도 없는 시기에 오빠 옆에 있겠다고 제안하지 않으면 매정한 동생이 된 기분이 들어. 오빠에게 안부 전하며 이렇게 말해 줘. 오빠만 괜찮다면 내가 헨리에타 스트리트에서 열흘이나 2주 정도 지내고 싶다고. 2주 이상은 어려워. 그때쯤이면 집을 떠난 지 꽤 됐을 테니까. 하지만 언제나 그렇듯 헨리 오빠와 함께 지내면 무척이나 행복할 거야. 언니에 대해서는 후회나 미안한 마음이 덜해. 하루 반만 있으면 만날 거고, 언니는 적어도 일주일 동안 에드워드 오빠와 있으니까. 나는 집에 오는 길에 북햄에 며칠 들르려고 해. 헨리 오빠가 중간까지라도 데려다주면 좋겠다. 쿠크 부인이 스무 번, 서른 번 넘게 나를 초대했고 내가 어디에 있든 마차를 타고 마중 나오겠다고 했어.

패니의 감기는 많이 나았어. 일요일에 약을 먹고 방에서 푹 쉰 덕분에 심한 증상은 사라졌는데 오늘은 어떻게 될지 모르겠네. 클루즈 양, 리즈, 메리앤과 함께 캔터베리에 갔거든. 약한 몸으로 돌아다니기에는 날씨가 험한데 말이야. 클루즈 양은 돌아온 이후로 쭉 캔터베리에 가려고 했다가 이제야 실행에 옮기고 있어.

에드워드 오빠와 그곳으로 드라이브를 하며 아침을 기분 좋게 보냈어. 그렇게 즐거울 수가 없었어. 하지만 예상치 못하게 날이 안 좋아졌고 비까지 살짝 내려 속을 태우며 집으로 돌아와야 했지 뭐야. 그래도 별일은 없었어. 오빠는 방문 치안판사 자격으로 교도소를 시찰하러 가며 나를 데려갔던 거야. 너무 흥미로웠어. 그런 곳을 방문하는 사람들이 느낄 법한 온갖 감정을 느꼈거든. 다른 데는 들르지 않고 오붓하게 산책과 쇼핑만 했지. 공연 티켓과 늙은 내게 어울리는 꽃 잔가지 장식을 샀어.

이제 독창적인 방법으로 유쾌한 이야기에서 심각한 이야기로 넘어가 볼게. 바스 일행에 관한 이야기야. 그들은 아직 바스에 있어. 지난주 통풍이 시작됐거든. 레이디 B.의 상태는 그나마 괜찮대. P. 박사 말로는 착한 통풍이라 평소보다 기분도 좋다는 것 같아. 하지만 언제 돌아올지는 역시 확실치 않아. 에드워드 오빠가 햄프셔에 있을 때까지도 그들이 바스를 떠나지 않는다면 오빠가 바스로 가겠다는 생각이 들어. 그 경우에는 스티븐턴에서 출발해 초튼에 들리지 않고 런던으로 곧장 가겠지. 오빠는 일정이 지체되어 못마땅한 듯해. 하지만 P. 박사가 레이디 B의 통풍을 진찰할 수 있었으니 차라리 잘된 일

일지도 몰라. 해리엇이 그랬으면 했거든.

날씨가 점점 나아지는 것 같아. 내 펜도 그랬으면 좋겠다.

오글 씨는 정말 다정해! 오글 씨라면 모든 파노라마를 공짜로 보고 어디든 무료로 입장할 수 있을 거야. 그만큼 멋진 사람이니까! 언니도 다른 사람은 만날 필요 없어.

크리스마스 때 찰스와 패니를 잠깐이라도 볼 수 있다니 반가운 소식이네. 하지만 캐시가 싫다고 하면 불쌍한 아이에게 강요하지는 마. F. A. 부인에 관해 결정 잘 내렸어. 『이성과 감성』 소식도 기뻤어. 나는 아직 광고를 한 번도 못 봤어.

패니가 오늘 해리엇 편지를 받았는데 베드퍼드 하우스에서 펠리스용 천을 파는지 묻더래. 만약 판다면 언니에게 원단 샘플을 보내 달라면서. 원단의 폭과 가격 정보도 같이 적어 주면 진심으로 고맙겠다고도 했어. 이번 주 언제든 채링 크로스에서 보낼 수 있다고 해. 가게에서 현금만 받으면 불가능하고. 불타 버린 대주교의 재가 되어 당장은 지불할 수 없대. 패니와 내 생각엔 그곳에 그런 천은 없을 것 같아.

시어러 가족이 이제는 정말로 떠나려나 봐. 조지프가 지난 이틀 여기서 잤는데 오늘이 이사하는 날인지는 모르겠어. 어제 시어러 부인이 작별 인사를 하러 들렀어. 날씨가 다시 안 좋아지려는 느낌이야.

내일은 칠햄 성에서 저녁 식사를 할 거야. 재미있으면 좋겠다고 생각하고 있지만 실은 그다음 날 연주회가 더 기대돼. 내가 보고 싶은 사람들이 많이 나올 게 분명하거든. 굿네스턴에서 온 레이디 B, 홀리 양, 루시 푸트도 만날 예정이고, 해리슨 부인과도 만나 벤과 애나에 관해 이야기할 거야. 나는 이렇게 말하겠지. "해리슨 부인, 젊은이가 당신 가문의 광기를 물려받은 게 아닐까 싶어요. 애나에게서도 종종 그런 광기가 보이지만, 우리 친가보다는 외가에서 비롯된 성향이라고 생각합니다." 이렇게 말하면 말문이 막혀 쉽게 대답하지 못할 거야.

어쩐지 피곤해서 기운을 차리려 다시 언니 편지

를 집어 들었다가 문득 느낀 건데 언니 글씨체가 정말 예쁘다. 앙증맞고 깔끔해! 나도 언니처럼 종이 한 장에 많은 내용을 빼곡하게 쓰고 싶은데. 다음에는 이틀에 걸쳐 편지를 써 봐야겠어. 한 번에 긴 편지를 쭉 이어서 쓰다 보면 피곤해지거든. 일요일에 또 편지를 받을 수 있기를, 또 우리가 떠나기 전날인 금요일에도 받아 보기를 바라. 언니는 월요일에 스트리덤에 가서 조용한 힐 씨를 만나고 형편없는 빵집의 빵을 먹겠지?

말이 나왔으니 말인데 빵값이 떨어졌어. 다음 주 어머니 계산서를 보면 알겠지. 어머니에게서 아주 기분 좋은 편지를 받았어. 커다란 편지지 한 장이 집 안의 소소한 소식들로 가득해. 이틀 중 첫째 날에 애나가 왔대. 떠난 애나와 데려온 애나는 다른 애나야. 지금이야말로 벤이 방문하기 좋은 시기인데. 무시무시한 우리가 없으니 말이야.

먹을 마음이 없었는데 존콕 씨가 쟁반을 가져다줬으니 어쩔 수 없이 먹어야겠어. 지금 나 혼자야. 에드워드 오빠는 숲으로 갔고. 그래서 테이블 다섯 개,

의자 스물여덟 개, 난로 두 개를 독차지하고 있지.

클루즈 양도 함께 음악회에 가자고 초대하려고. 오빠가 갈 수 없어 표가 남았거든. 오빠는 그날 케이지 가족과 관련된 사람들과 밀게이트에서 만나 메이드스톤 도로 변경안에 관해 의논한대. 케이지 가족이 그 도로에 이해관계가 있거든. 아침에 브룩 경이 오고 다들 애시퍼드에서 디데스 씨와 합류한다고 했어. 대지주님께서는 연주회를 놓친다고 크게 아쉬워하지 않겠지. 그래서 우리는 여자 셋이 움직이게 됐고 가서 또 다른 여자 셋을 만날 거야.

헨리 오빠의 마차는 참 편리해서 오빠 친구들에게 두루두루 잘 쓰이고 있어! 다음은 누구 차례일까? 윌리엄이 안 좋은 이유 때문이 아니라 자발적으로 간다니 다행이야. 시골을 좋아하는 성향은 잘못이어도 용서할 수 있지. 존슨보다는 쿠퍼에 더 가깝네. 채링 크로스에서 바글거리는 인간 무리 속에 살기보다는 길들인 토끼와 무운시를 더 좋아하니 말이야.

아! 샤프 양에게서 또 다정한 찬사가 도착했어. 정말 훌륭한 친구야. 아일랜드에서도 내 책을 읽고 좋아한대. 플레처 부인이라고, 판사를 남편으로 둔 나이 든 여성이 있는데 굉장히 온화하고 지적인 그 사람이 나를 몹시 궁금해한대. 내가 어떤 사람인지, 그런 것들을 말이야. 하지만 내 이름을 알지는 못해. 고어 부인이 아니라 캐릭 부인에게 들은 정보야. 언니도 참 엉뚱하다니까.

결국 내 그림이 전시회에 걸리게 됐다고 절망하지는 않아. 온통 흰색과 빨간색 옷을 입고 고개를 한쪽으로 기울인 그림 있잖아. 어쩌면 젊은 다블레이 씨와 결혼해야 할지도 모르겠다(패니 버니의 아들 알렉상드르 다블레이를 이용한 농담—옮긴이). 그전까지는 사랑하는 헨리 오빠에게 인쇄비 등으로 엄청난 빚을 지겠군.

플레처 부인이 『이성과 감성』을 읽어 봤으면 좋겠어. 만일 내가 헨리에타 스트리트에 머물고 언니가 조만간 집에 편지를 쓸 거면 힌트라도 살짝 부탁해. 어제 이미 편지를 써서 앞으로 열흘 동안은 그곳에 편지를 보낼 일이 없거든.

패니는 이 지역의 도라 베스트 양과 결혼하는 상대가 브렛 씨라고 아주 확신하고 있어. 헨리 오빠의 의견도 반대는 아닌 것 같아. 참, 아이들은 어디서 잤어?

디데스 가족이 월요일에서 와서 금요일까지 머물 거야. 마지막 장을 화려하게 마무리하게 되었지. 이사벨라와 어른 중 한 명을 데려오고 목요일 캔터베리 무도회에도 참석한대. 만나면 반가울 거야. 나와 디데스 씨라면 이성적인 대화를 나누지 않을까.

내가 편지를 너무 자주 쓴다고 에드워드 오빠가 헨리 오빠에게 편지를 쓰지 않고 있어. 언니에게 신의 축복이 있기를. 빨리 언니와 다시 만나고 싶고, 오늘 같은 날이 몇 번이고 다시 찾아왔으면 좋겠어. 하워드 경 딱해서 어떡해! 눈물이 멈추지 않겠네!

진심을 담아

J. A.

좋은 소식이야,
2쇄를 찍었어

1813년 11월 6일 토요일, 고드머셤 파크에서

런던 코번트 가든 헨리에트 스트리트 10번지
오스틴 양 앞

친애하는 커샌드라 언니에게

아침 식사까지 30분이 남은 김에(아늑한 내 방에서 따뜻하게 불을 쬐며 아침을 즐기는 내 모습을 상상해 봐!) 지난 이틀 동안 있었던 일들을 이야기해 보려고 해. 그런데 할 이야기가 있기는 한가? 간략히 끝내지 않으면 바보 같이 쓸데없는 말만 하게 될 거야.

칠햄 성에서는 브레턴 가족밖에 못 만났어. 오즈번 부부와 리 양은 집에 머물고 있었고 다 합쳐도 열네 명뿐이었지. 오빠와 패니는 지금까지 그곳에서

가 본 파티 중에 최고였다고 평가해. 나도 이래저래 아주 재미있었어. 안 그래도 오래전부터 브레턴 박사를 만나고 싶었거든. 브레턴 부인은 세련되고 우아한 모습이 꾸며 낸 티가 나 재미있었어. 리 양과는 대화가 잘 통하더라. 당연한 말이지만 크래브를 좋아한대. 철이 들 나이지. 나보다 적어도 열 살은 어릴 거야. 칠햄 성의 유명한 무도회에도 참석했다니 언니도 기억하겠지.

그나저나 나도 이제 젊은 사람에서 물러나야 하는데 샤프롱(사교 행사에서 젊은 여성을 보살펴 주는 나이 든 여성—옮긴이) 비슷한 역할을 하는 것도 굉장히 즐겁더라고. 벽난로 옆 소파에 앉아 마음껏 와인을 마실 수 있잖아. 저녁에는 음악을 감상했어. 패니와 와일드먼 양이 연주했고 제임스 와일드먼 씨는 가까이 앉아 음악을 들었어. 듣는 척만 했을지도?

어제는 그야말로 방탕의 날이었어. 우선 브룩 경이 아침 식사를 하기도 전에 찾아와 우리 시간을 낭비했고 다음으로는 시어러 씨가 들렀어. 레이디 허니우드도 이스트웰에서 오는 길에 언제나처럼 아침 손님으로 찾아왔고. 브룩 경과 에드워드 오빠가 떠 난 후 4시 반에 다섯 명이 저녁 식사를 했어. 그런 다 음 커피를 마셨고 6시에는 클루즈 양, 패니와 마차를 타고 나갔어. 신나게 달리기에 아름다운 밤이었지. 예정보다 일찍 도착했지만 조금 후에 레이디 B.와 일행 두 명이 도착했어. 우리가 자리를 맡아 놓아서 옆쪽 벽 아래에 여섯이 나란히 앉을 수 있었어. 나는 루시 푸트와 클루즈 양 사이에 앉았지.

레이디 B.는 내 예상과 비슷했어. 미인인지 아닌 지는 잘 모르겠지만. 연주회가 끝나기를 기다렸다 가 얼른 일어나 아주 단호하고 신속하게 떠나는 점 이 마음에 들었어. 패니를 보고 괜히 칭찬하고 꾸물 거리고 소란을 피우지 않는 점도. 패니는 자기 친구 와 플럼프트 가족이 있는 다른 쪽에서 저녁 시간의 절반을 보냈거든. 너무 자세히 묘사하고 있네. 그만 가서 아침 먹을게.

연주회가 끝나고 해리슨 부인과 만나 아주 편안 한 분위기 속에서 서로 칭찬하고 정답게 담소를 나 눴어. 참 다정한 여인이야. 사람 자체가 다정한데다가 자기 언니와 어쩜 그렇게 비슷한지! 하마터면 르프로이 부인과 대화하고 있다고 착각할 뻔했다니까. 딸을 소개해 줬는데 예쁘장하지만 어머니의 아름다움에 비하면 부족한 미모였어. 패그 가족과 해먼드 가족도 만났어. 이름난 청년은 윌리엄 해먼드하나였지. 해먼드 양은 무척 예뻤지만, 미소가 귀엽고 애교 많은 동생 줄리아가 더 좋더라.

드디어 메리 플럼프트와 인사를 나눴지만 다시 봐도 알아볼 수 있을지는 모르겠어. 그런데 나를 보고 무척이나 반가워하더라고. 열정이 넘치는 사람이야! 레이디 B.는 나한테 기대한 것보다 예쁘다고 했어. 내 얼굴이 언니 생각만큼 형편없지는 않은가 봐.

자정이 조금 안 된 시각에 집으로 왔어. 다들 녹초가 되었지만 오늘은 괜찮아. 클루즈 양도 감기에 걸리지 않았다고 했고 패니도 더 나빠지지 않은 듯해. 나는 너무 피곤해서 다음 주 목요일 무도회를 어떻게 버틸 수 있을지 고민하고 있어. 하지만 그냥 돌아다니는 것보다 분위기가 다양하고 더위도 덜할 테니 의외로 안 힘들지도 몰라. 프랑스 비단도 무도회를 위해 아껴 두고 있어. 음악회 이야기는 여기까지 할게.

어제 메리에게서 편지를 받았어. 지난 월요일 아무 탈 없이 첼트넘에 도착했고 그곳에서 한 달간 지낼 거래. 바스는 여전해. H. 브리지스 가족은 다음 주 초에 떠나야 하는데, 루이자는 다 같이 움직이는 방안을 아직 포기하지 않은 듯해. 그럴 가능성이 없다는 사실이 당사자에게는 보이지 않나 봐. 패리 박사는 브리지스 부인이 움직일 수 있게 되면 굳이 바스에 머물 필요 없다고 했대. 다행이지. 곧 언니에게도 에블린 씨의 부고가 갈 거야.

마지막 편지를 쓴 이후로 내 책의 2쇄판이 내 얼굴을 응시하고 있어. 메리 말로는 엘리자가 내 책을 사려고 한대. 샀으면 좋겠다. 더 이상 파이필드 에스테이츠에만 의존할 수 없으니까. 어쩔 수 없이 많은 사람이 내 책을 사야 한다는 의무감을 느끼기를 바라게 되네. 썩 유쾌하지 않은 의무처럼 느낀다 해도 괜찮아. 사 주기만 한다면. 메리가 집을 떠나기 전에 첼트넘에서 내 책을 굉장히 좋아하더라는 말을 들었대. 해밀턴 양도 책을 받았다고. 그렇게 존경받는 작가가 내 책을 받았다니 기분 좋은 거 있지. 이 주제로 계속 얘기해도 지겹지 않지? 지겹다면 사과할게.

좋은 날씨에 좋은 소식이지! 두 가지 모두에 감탄하느라 정신없어. 언니도 양쪽의 즐거움을 모두 만끽하기를.

지난 이틀 사이 시야를 넓히고 아는 사람을 많이 만들었어. 언니도 레이디 허니우드라고 알지? 가까이 앉지 못해서 완벽하게 판단할 수는 없지만 굉장히 예쁘다고 생각했어. 태도도 편안하고 유쾌하고 자연스러워서 좋은 점이란 좋은 점은 다 가지고 있던데. 말 네 마리가 끄는 마차를 타고 옷도 멋지게 차려입은 게 정말 완벽한 여성의 표본이야.

아, 어젯밤에는 깁스 씨도 봤어. 역시 깁스 씨는 유능하다니까. 에마 플럼프트를 배웅한 사람처럼 괜찮은 남자가 없을 때, 고맙게도 우리를 마차에 태워 주었지. 체구는 작지만 잘생겼다고 생각했어.

내일 받을 언니 편지가 기다려진다. 런던에 관한 내 운명을 알 수 있을 거라 더 기대돼. 내 첫 번째 바람은 헨리 오빠가 스스로 생각하기에 최고의 선택을 하는 거야. 나를 원하지 않는대도 절대 서운하지 않아. 내일 아침에는 교회에서 초조한 기분으로 돌아오겠네.

시어러 가족이 떠났지만 패짓 가족은 아직 도착하지 않았어. 그래서 S. 씨를 다시 보게 된 거야. 패짓 씨는 어쩐지 행동이 불안정해 보여. 핸트 박사는 좋은 사람이라고 칭찬했는데 말이야. 모든 잘못은 다 아내 탓이라고 하더라. 여성의 지배를 좋아하는 집인가 봐.

찰스에게서 검은색과 붉은색 펜으로 쓴 긴 편지를 받았어. 하지만 내가 모르는 내용은 없던걸.

다음 주에 괜찮은 무도회가 열릴 가능성이 있어. 적어도 여성 참가자를 봤을 때는. 레이디 브리지스도 내치불 가족 몇 명과 올지 몰라. 해리슨 부인은 옥센든 양, 파피용 자매와 같이 올 수 있고. 해리슨 부인이 오면 레이디 패그도 오겠지.

저녁의 어둠이 깔리고 있으니 흥미로운 이야기를 다시 시작할게. 브룩 경과 오빠는 4시경 돌아왔고 브룩 경은 도착하자마자 다시 굿네스턴으로 떠났어. 에드워드 B.가 내일 또 일요일을 보내기 위해 우리 집으로 올 예정인데 여러 가지 이유로 이번이 마지막 방문이 될 거야. 우리가 떠나는 바로 그날에 다 집으로 오거든. 디데스 가족은 화요일에나 올 거야. 소피아가 오기로 했어. 예쁘다 아니다 의견이 분분하던데 꼭 만나 보고 싶어. 오늘 아침에는 레이디 엘리자베스 해튼과 애나마리아가 들렀어. 그래, 오기는 왔어. 하지만 달리 할 말이 떠오르지 않네. 와서 앉아 있다가 갔어.

일요일
우리 헨리 오빠 어떡해! 왜 이렇게 자주 아픈 거

야! 담즙은 왜 이렇게 지독하고! 이번 병은 전에 옴짝달싹 못 하면서 마음 졸였던 탓이라고 봐. 하지만 어차피 걸렸으니 빠르게 낫기를 바라는 수밖에. 화요일에 언니가 좋은 소식 전할 수 있었으면 좋겠다. 물론 나는 수요일에 소식을 들을 테니 금요일은 기대하지 말아야 할 거야. 워덤에게 편지를 보내는 것도 나쁘지 않겠다.

토요일에 우편물이 도착하기 전에 떠날 거야. 에드워드 오빠가 끝까지 자기 말을 타고 갈 거라서. 오빠 말로는 9시쯤 출발한대. 레넘에서 쉬어 갈 거라더라.

이렇게 길고 재미있는 편지를 보내 주다니 언니는 정말 상냥해. 언니 편지는 내가 초조한 마음으로 돌아오자마자 어머니의 편지와 함께 등장했어. 내가 그 일을 하기를 참 잘했지! 단지 언니가 불필요한 제안이라 생각할까 봐 걱정했던 건데 언니 덕분에 마음이 편안해졌어. 헨리 오빠에게 싫어도 내가 함께 머물 거라 전해 줘.

어쩜, 이런! 하고 싶은 말들의 절반도 쓸 시간이 없네. 옥스퍼드에서 편지 두 통이 왔어. 하나는 어제 조지가 보낸 거야. 둘 다 무사히 도착했대. 에드워드는 런던으로 오다 길을 잃어버려서 마차도 2시간 늦게 도착했고. 조지 편지는 유쾌하면서도 차분해. 곧 어터슨에 방을 배정받기를 바라고 있고 수요일에는 강의를 들으러 갔다더라. 몇 가지 지출도 적으며 이렇게 편지를 맺었어. "저 가난해질 것 같아요." 벌써 그런 생각을 하다니 다행이야. 누가 개인 교습을 해 줄지는 아직 고르지 못했지만 머지않아 자기 아빠에게 알려 주겠지.

언니와 H. 부인, 캐서린, 앨리시아가 함께 헨리 오빠의 마차를 타고 관광을 하며 다닌다는 사실은 도저히 익숙해지지가 않네. 스트리덤에 새로운 광경은 하나도 없어! 언니의 스트리덤도, 내 북햄도 다 별로야. 헨리 오빠가 나를 초튼까지 태워 준다니 완벽한 계획인걸? 언니가 일루미네이션을 볼 수 있기를 바랐는데 정말 봤구나. "네가 올 것이라 생각했는데 정말 왔구나." 이 문장에서 응용한 말이야. 헨리 오빠가 발트해에서 더 빨리 돌아오면 좋을 텐데 안타깝다. 불쌍한 메리!

오빠가 오늘 루이자에게서 달갑지 않은 편지를 받았어. 바스에서 겨울을 보내기로 했다는 내용이야. 막 결정된 거래. 패리 박사가 그랬으면 좋겠다고 권했다는데, 레이디 B.에게 온천수가 필요해서가 아니라 바스에 있어야 새로운 치료법이 얼마나 효과적인지 알 수 있기 때문이래. 지금까지와 전혀 다른 방법으로 치료 중이라서 그렇다더군. 레이디 B.의 돈을 조금 더 받아 내는 것도 나쁘지 않다 판단했겠지. 패리 박사의 치료는 환자의 체력을 약화하는 방식이야. 통풍 증상이 나타났을 때 피 12온스를 뽑았고 와인 등을 금지시켰어. 그래도 지금까지는 잘 맞는 것 같아. 레이디 B.는 바스에 머물러도 아무 불만 없지만 루이자와 패니가 아쉽게 됐지.

H. 브리지스 부부는 화요일에 떠나고 더 작은 집으로 옮긴다더라. 에드워드 오빠의 심정이 어떨지 언니도 짐작이 될 거야. 이제 오빠가 바스로 오는 건

확실해졌지. 올 때 패니 케이지를 데려온다 해도 놀

라지 않을 거야.

조만간 또 편지 쓸게.

사랑하는 동생
J. A.

추신

우리는 햄프슨 씨의 계획에 반대야.

오빠가
『맨스필드 파크』를
읽고 있어

1814년 3월 2일 수요일, 헨리에타 스트리트에서

아주 즐거운 여행이었어. 코범에서는 불편한 점이 하나도 없었고 말이야. 해링턴 씨에게 돈을 내지 못한 거! 그게 유일하게 아차! 했던 일이야. 그래서 청구서를 돌려보내고 어머니의 2파운드도 동봉하니 언니가 한번 시도해 줘. 책은 벤틀리 그린에 도착한 후에야 읽을 수 있었어.

헨리 오빠의 인정이야말로 지금까지 내가 바라던 칭찬이야. 앞의 두 작품과 다르지만 더 못하다고 느껴지지 않는다고 했거든. 오빠는 아직 러시워스 부인의 결혼만 봤어. 제일 재미있는 부분을 벌써 다 읽은 게 아닐까 걱정되네. 오빠는 레이디 B.와 N. 부인이 제일 좋대. 인물 묘사가 탁월하다는 극찬도 해 줬어. 모든 인물을 이해하고 패니에게도 호감을 느끼고 앞으로 어떻게 전개될지 다 예측하는 것 같아. 어젯밤에는 『히로인Heroine』을 다 읽었는데 정말 재미있었어. 제임스는 왜 별로였다고 했을까. 나는 완전히 반대였는데. 우리는 10시에 자러 갔어. 피곤했지만 기적처럼 잠을 푹 잤고 오늘은 컨디션이 아주 좋아.

헨리 오빠도 지금으로서는 딱히 아픈 곳이 없는 듯해. 8시 반에 코범을 떠났고 잠깐 쉬면서 아침을 먹을 겸 킹스턴에 들렀어. 이 집에 도착하니 2시가 좀 안 됐던가. 발로우 씨가 다정한 미소를 지으며 우리를 반겼고 소식을 묻는 말에 평화가 찾아올 것 같다고 말해 줬어. 나는 내 방을 맡고 모자 상자를 풀고 P. 양의 편지 두 통을 2펜스 우체통에 넣었어. 그러고 나서 마담 B.가 나를 찾아왔고 지금은 거실의 새 탁자에서 편지를 쓰고 있지.

눈이 오네. 어제는 눈보라까지 쳤고 밤에 서리가 심하게 껴서 코범에서 킹스턴까지 올 때도 쉽지 않았어. 하지만 길이 험하고 지저분해졌을 때 헨리 오빠가 슬론 스트리트 아래쪽에서 말을 한 쌍 구해 선두에 세웠지. 그래서 오빠의 말들은 고생을 덜 수 있었어. 나는 달리는 마차 안에서 베일 너머로 거리를 구경했는데 몇몇 저속한 사람들도 베일을 쓰고 있어 재미있었어.

언니와 다른 사람들은 어떻게 지내? 어제와 그전에 있었던 일들로 걱정했을 텐데, 언니는 괜찮은 거야? 마사가 다시 방문해 즐거웠기를, 또 어머니와 소고기 푸딩을 먹었기를. 내일은 눈을 뜨자마자 굴뚝 청소부를 생각할 것 같아. 토요일 드루어리 레인 극장에 자리를 잡았어. 하지만 에드먼드 킨을 보겠다는 열성적인 사람들이 너무 많아서 3열과 4열 표밖에 구하지 못했어. 그래도 앞쪽 관람석이니 괜찮겠지. '샤일록'(실제 제목은 〈베니스의 상인〉이지만 제인은 작품명 대신 당시 선풍적인 인기를 몰았던 배우 킨의 배역명으로

극을 칭하고 있다 ― 옮긴이)은 패니에게 잘 맞는 연극이고 크게 실망하지도 않을 거야. 페리고르 부인이 방금 왔다 갔어. 우리가 자기 주인에게 실크 염색비를 아직 지불하지 않았다네. 내 낡은 모슬린은 가엾게도 아직 염색조차 안 된 상태인 거야. 벌써 몇 번이나 해 놓겠다고 약속을 했는데 말이지. 염색업자들은 왜 그렇게 못됐을까? 자기들 영혼부터 새빨간 죄로 물들이고 있어.

이제는 저녁이야. 다 같이 차를 마셨고 나는 『히로인』 3권을 빠르게 읽어 나가는 중이야. 뒤로 가도 나쁘지 않은걸. 유쾌한 풍자극이고 특히 래드클리프 스타일과 비슷해. 헨리 오빠는 『맨스필드 파크』를 계속 읽고 있어. H. 크로퍼드를 흠모한대. 그러니까, 영리하고 쾌활한 남자로서 말이야. 좋은 소식은 있는 대로 다 전하고 있어. 언니가 얼마나 좋아할지 아니까.

킨 씨의 인기가 하늘로 치솟고 있대. 앞으로 2주간 드루어리 레인에 좋은 자리가 남아나지 않겠지만 헨리 오빠가 언니 오기로 한 2주 후 토요일에 표를 몇 장 구하기로 했어. 우리 조카 캐스에게 사랑한다고 전해 줘. 어젯밤 내 침대에서 편안히 잤기를 바란다고도. 런던에서 신택스 박사만큼 턱이 길고 고그마골리쿠스(영국의 전설 속 거인인 고그마고그를 이용해 제인이 창조한 단어로 추정된다 — 옮긴이)처럼 덩치 큰 사람은 처음 봤어.

사랑하는 동생
J. 오스틴

4부

사랑하는
이들에게

YOURS
AFFECTIONATELY,
J. A

소설가로서의 조언

1814년 7월, 초튼에서

햄프셔 오버턴 스티븐턴

사랑하는 애나에게

원고 보내 줘서 정말 고마워. 얼마나 즐겁게 읽는지 몰라. 우리 다 그랬단다. 할머니와 커샌드라 고모에게는 내가 직접 읽어 줬는데 재미있다고 난리야. 생동감이 쭉 유지되더구나. 토머스 경, 레이디 헬렌, 세인트 줄리언 캐릭터도 아주 잘 만들었고, 세실리아는 여전히 귀여우면서도 흥미로워. 연령을 높인 것도 참 적절한 선택이었어. 나는 데버루 포레스터의 시작 부분이 마음에 들더라. 아주 선한 인물이나 아주 악한 인물로 등장했다면 이만큼 좋지 않았을 거야. 딱히 지적할 것은 없고 몇 군데만 수정하면 될 것 같아. 특히 세인트 줄리언이 레이디 헬렌에게 이야기하는 부분. 보면 내가 어디를 수정했는지 알 거야. 레이디 헬렌은 세실리아보다 지위가 높으니 소개를 받으면 안 되겠지. 소개를 받는 건 세실리아여야 해. 연인이 3인칭으로 말하는 것도 마음에 들지 않아. 오버틀리 경의 말투와 너무 비슷하고 부자연스럽게 느껴진단 말이지. 하지만 네 생각이 다르다면 내 의견은 신경 쓰지 않아도 돼. 빨리 더 읽고 싶다. 원고를 안전하게 돌려줄 방법을 강구하고 있어.

사랑하는 고모
J. A.

말을 줄여야
의미가 더 잘
전달되기도 하지

1814년 8월 10일, 초튼에서

햄프셔 오버턴 스티븐턴

사랑하는 애나에게

앞서 보낸 편지에서 네 질문 몇 가지에 답을 하지 않았다는 사실을 알고 낯이 뜨거워졌어. 나중에 제대로 대답해야지 하고 미루고 있다가 잊은 거야. '히로인은 누구'라는 제목이 마음에 들어. 시간이 지나면 더 좋아질 것 같아. 하지만 '열광'이 너무 압도적으로 훌륭한 제목이라 내 평범한 제목과 비교하면 초라해 보이겠지.

돌리시에 관한 실수 같은 건 못 느꼈어. 도서관은

12년 전에도 초라하고 형편없으니 작가의 출판물이 있었을 것 같지 않아. 공작, 후작, 백작, 자작, 남작 어디에도 데스버러 같은 칭호는 없단다. 여기까지가 네 질문에 대한 답이야. 이제는 오늘 아침 네 편지를 감사히 잘 받았다는 말로 넘어갈게. 커샌드라 고모는 여전히 세인트 줄리언이 마음에 쏙 든다고 하고, 나는 프로길리언을 다시 볼 수 있어 기쁘단다.

17일 수요일

어제 반가운 마음으로 받은 책 세 권 중 첫 번째 책을 방금 다 읽었어. 내가 낭독을 했는데, 온 가족이 아주 즐거운 시간을 보냈지. 이번 글도 정말 좋았단다. 저녁 식사 전에 한 권 더 읽고 싶은데 48쪽의 분량이 상당해서 읽고 있으면 벅차긴 하더라. 6권이면 제법 두툼한 작품이 나오겠네. 이렇게 많은 양을 집필했다는 사실에 너도 무척이나 기쁘겠구나.

포트먼 경과 남동생이 좋았어. 다만 포트먼 경의 성품이 좋다는 이유로 다른 사람들이 그에게 과한 호감을 보낼까 봐 걱정이야. 포트먼 가족 자체가 좋은 사람들이지. 너는 레이디 앤이 걱정이라고 했지만 아주 잘 묘사했다고 봐. 빌 그리핀도 딱 어울리게 표현했던걸.

수정한 부분은 있지만 지난번에 비하면 사소해. 말을 줄여야 의미 전달이 잘 될 것 같은 표현이 종종 있다는 게 우리의 공통된 의견이야. 팔이 부러진 다음 날 토머스 경이 마구간 등으로 다른 사람들과 걸어가는 대목은 내가 삭제했어. 네 아빠야 팔을 붙이자마자 걸어다녔지만 흔한 경우는 아니라 책에 어색하게 나올 것 같아서 말이야. 린도 안 돼. 린은 돌리시에서 40마일 떨어진 곳이라 언급되지 않을 거야. 린 대신 스타크로스를 넣었어. 이스턴이 더 끌리면 그것도 문제없어.

포트먼 경 형제와 그리핀 씨가 서로 소개하는 부분도 들어냈어. 시골의 외과 의사는(C. 라이퍼드 씨에게는 말하지 마) 그 형제와 같은 신분인 사람에게 소개를 받지 않아. P. 씨가 처음 등장하는 장면도 문제야. 왜 각하라고 소개하겠니? 그 시대에 그런 경칭은 쓰이지 않았어. 어쨌든 내 생각은 그래. 방금 2권을 다 읽었어. 아니 5권이라고 해야 할까. 레이디 헬레나의 추신은 삭제하는 편이 좋은 것 같다. 『오만과 편견』을 아는 사람들 눈에는 모방처럼 보일 테니 말이야.

또 이건 커샌드라 고모와 내 의견인데 데버루 F.와 레이디 클랜머리 모녀가 나오는 마지막 장면도 약간 수정했으면 해. 모녀가 그를 너무 몰아붙이는 느낌이 들거든. 현명하고 교양 있는 여성들의 행동으로서는 과해. 딸은 몰라도 레이디 클랜머리는 동행하지 않겠다는 데버루의 결정을 그보다 일찍 분별력 있게 받아들여야지. 아직까지는 에저턴을 굉장히 좋아하고 있어. 좋아하게 되리라고는 생각지 못했는데 그렇게 됐네. 수전은 굉장히 착하고 귀엽고 활달한 인물이야. 하지만 우리에게 삶의 기쁨을 안겨주는 건 세인트 줄리언이지. 어쩜 그렇게 흥미로운지. 그가 레이디 헬레나와 이별하는 장면은 어느 하나 아쉬운 구석 없이 잘 쓰였더라. 그래, 러셀 스퀘어는 버틀리 스퀘어와 거리가 적당하지. 우리는 이제 마지막 권을 읽고 있어. 돌리시에서 바스까지 가는 데는 이틀이 걸려야 해. 거의 100마일 떨어져 있으니까 말이야.

목요일

어젯밤 그레이트 하우스에서 차를 마시고 돌아와 네 책을 끝까지 다 읽었어. 마지막 장은 조금 아쉬웠어. 연극이 너무 별로였거든. 근래 연극을 너무 많이 봐서 그런가(『맨스필드 파크』를 참고하렴)? 그리고 영국을 떠나지 않는 편이 좋았을 것 같아. 포트먼네는 아일랜드로 가라고 해. 하지만 그곳의 관습을 전혀 모르는 네가 같이 가는 건 좋지 않아. 엉뚱하게 묘사할 위험이 있으니까. 바스와 포레스터 가족에 집중하도록 해. 너에게 익숙한 곳이니 안전할 거야.

커샌드라 고모는 산만한 소설을 좋아하지 않는 편이라, 네 소설도 그렇게 될까 걱정하더라. 등장인물이 이 사람들에서 저 사람들로 너무 빠르게 바뀌고 중요한 듯 보이는 상황이 펼쳐졌다가 결국에는 흐지부지되는 것 아니냐며 말이야. 하지만 나는 그런 것도 괜찮아. 내가 원래 언니보다 생각이 훨씬 유연하잖니. 갈피를 잡지 못하는 이야기는 자연스러움과 생동감으로 모든 죄를 씻을 수 있다고 생각해. 또 대중은 그런 데 크게 신경 쓰지 않으니 안심해도 좋아.

데버루가 더 많이 나왔으면 좋았겠다는 생각이 들어. 아직 그가 어떤 인물인지 잘 모르겠거든. 다루기가 어려워 그랬겠지. 클랜머리 경의 묘사가 좋았고 두 소녀가 즐거워하는 장면도 아주 잘 그렸더구나. 세인트 줄리언이 세실리아와 진지한 대화를 나누는 모습은 보지 못했지만 그래서 더 좋아. 분별력 있는 여성이 딸들의 데뷔가 주제라면 광기를 보인다고 말하는 대사는 그야말로 보물이야.

표현력이 약해졌다는 느낌은 없었어. 부디 계속 쓰기를.

독자들이
궁금해할 것과
궁금해하지 않을 것

1814년 9월 9일, 초튼에서

햄프셔 오버턴 스티븐턴

사랑하는 애나에게

네가 보내 준 세 권의 책, 우리 모두 정말 재미있게 읽었어. 하지만 지적할 부분도 아주 많았단다. 너는 이 정도까지 원하지는 않았겠지만 말이야.

포레스터 부인이 세입자로 들어가는 부분이나 별다른 동기도 없이 토머스 경 같은 남자의 근처로 이사하는 게 마음에 들지 않아. 그곳으로 갈 마음이 들려면 그 동네에 친구라도 있어야지. 좋은 사람이 아닌 것이 분명한 남자 하나 말고는 아무도 모르는 동네로 두 딸을 데리고 이사하다니 너무 어색해. 그렇게 신중한 사람이 할 법한 행동이 아니야. 포레스터 부인이 대단히 신중한 성격이라는 사실을 잊지 마. 일관성 있게 행동하도록 써야지. 친구 캐릭터를 하나 만들고 그 친구가 H. 토머스 경의 초대를 받아 부인과 만나게 해. 그렇다면 지금처럼 프라이어리에서 저녁 식사를 해도 문제없을 거야. 하지만 지금의 설정대로면 포레스터 부인은 다른 가족의 초대도 받지 않고 그런 곳에 갈 리 없어. 그 장면 자체는 좋았어. 레슬리 양도, 레이디 앤도, 음악도. 레슬리는 귀족과 잘 어울리는 이름이지.

토머스 H. 경의 묘사는 늘 탁월하네. 하지만 그의 대사로 용납할 수 없는 표현 하나는 내 마음대로 삭제했어. "어이쿠!" 같은 말은 너무 통속적이고 우아하지 않아. 네 할머니는 다른 것보다 포레스터 부인이 에저턴 가족에 답방을 너무 늦게 했다며 불편해하셨어. 일요일 전에 목사관에 들렀어야 한다고 말이야.

너는 예쁜 장소를 묘사하는데 그 묘사가 지나치

게 상세하면 오히려 독자들은 좋아하지 않을 거야. 오른쪽, 왼쪽 같은 정보를 너무 자세히 주고 있어. 그리고 포레스터 부인은 수전의 건강을 더 신경 써야 하지 않을까? 폭우가 내린 후인데 수전이 흙길에서 오래 산책하게 두겠니? 염려 많은 엄마라면 허락하지 않을 거야. 수전은 내 마음에 쏙 들어. 사랑스럽고 상상력도 유쾌해서 읽고 있으면 아주 즐거워. 지금 모습 그대로가 좋지만 조지 R.을 대하는 태도는 조금 아쉽네. 처음에는 완전히 푹 빠진 것 같더니 나중에는 냉랭해지고 말이야. 무도회에서는 지나치게 혼란스러워 하고 모건 씨에 만족하는 듯 보였어. 다른 사람으로 바뀐 것처럼 말이야.

너도 이제는 네 인물들을 아주 잘 모아서 내가 가장 좋아하는 그런 장소에 적절히 배치하고 있네. 시골 마을에 사는 서너 가족은 작품을 전개하기에 딱 적당하지. 네가 더 많은 이야기를 만들어 내기를 바라. 이렇게 잘 짜 놓은 설정을 최대한 활용하면서.

이제야말로 네 이야기의 핵심과 아름다움에 다가가고 있는 듯하구나. 주인공이 성장하기 전까지는 재미가 덜하겠지만 앞으로 이어질 세 권이나 네 권은 굉장히 즐거우리라 생각해. 내가 이런 말을 했다고 원고를 보내지 않는 일은 없었으면 좋겠다. 우리는 에저턴 일가를 매우 좋아하고 있어. 하지만 어째 파란색 판탈롱이나 수탉, 암탉이 보이지 않네. L. L. 씨에게 특별히 매력적인 구석은 없지만 싫지도 않아. 수전에게 끌리는 점도 만족스럽고. 여동생이 그와 좋은 대조를 이루지만 레이철이라는 이름은 견디기 어려웠어. 생각보다는 파피용 가족과 비슷하지 않네.

마지막 장은 천재에 관한 대화 등이 매우 흥미로웠어. 세인트 줄리언과 수전의 대사 모두 캐릭터와 어울리고 아주 잘 썼더라. 앞에서는 세실리아가 다소 지나치게 착하고 진지하지 않나 했는데 전체적으로 보면 수전과 대조적인 매력이 아주 잘 드러나고 있어. 상상력이 부족한 점도 아주 자연스럽고.

포레스터 부인에게 말할 기회를 더 주면 어떨까. 하지만 재미있게 다루기가 쉽지는 않겠지. 워낙에 정숙하고 분별력 있는 인물이니 과장스럽게 쓸 만한 여지가 없을 거야. 그녀의 경제 상태와 야심은 강조하지 말아야 해. 피서 부인이 남긴 문서는 아주 좋았어. 독자라면 추측을 안 할 수가 없을 거야.

앞으로는 더 많은 분량을 쓰면 그만큼 전에 썼던 내용을 삭제하는 것이 좋겠어. 멜리시 부인이 나오는 장면은 듣기 싫은 소리를 좀 해야겠다. 지루하고 아무 의미 없어. 돌리시와 뉴턴 프라이어 사이의 내용은 생략할 마음이 들수록 글이 더 좋아질 거야. 사람들은 덜 성장한 소녀에게 관심이 없거든. 커샌드라 고모는 그 이름이 절묘하다는 점을 이해하더라. 뉴튼 프라이어스는 정말 완벽한 이름이야. 존 밀턴도 이 이름을 생각할 수 있었다면 가진 걸 다 바쳤을 걸. 혹시 톨라드 로열(영국 월트셔에 있는 마을 이름—옮긴이)에서 따온 오두막은 아니지?

여기까지는 9일에 쓰였으나 이 편지를 완성하기 전 찰스 오스틴의 부인이 사망했다는 소식이 초튼에서 전해졌다. 출산 중 사망했으며 아기도 살아남지 못했다. 남은 자녀로는 캐시, 해리엇, 패니 세 자매가 있다. 제인은 18일이 되어서야 이 편지를 이어 쓰기 시작했다.

일요일

슬픈 일이 일어나기 전에 이만큼 써 두어서 다행이야. 충격에도 불구하고 네 할머니의 건강이 크게 악화되지 않았다는 소식만 덧붙일게.

작품을 더 완성하면 보내 줘. 설레는 마음으로 기다리고 있을게. 너는 글을 빨리 쓰니 디그위드 씨가 홉(맥주의 원료 ─ 옮긴이)이나 양보다 가치 있는 짐을 가득 싣고 돌아오기를 기대하고 있어.

할머니가 전해 달라는 말씀이 있어. 네 신발이 내일이면 완성되고 너와 아주 잘 어울릴 거라셔. 또 네가 약속했던 것처럼 떠나기 전에 들러서 얼굴을 비추기를, 하루만이 아니라 더 같이 있어 주기를 바란다고 하시는구나.

사랑하는 고모

J. 오스틴

모든 것을
초월하는
기쁨

1814년 9월 28일 수요일, 초튼에서

햄프셔 오버턴 스티븐턴

사랑하는 애나에게

네 책을 빨리 돌려받을 거라는 기대는 하지 말아줘. 할머니가 듣고 싶어 할지 몰라 보관하고 있거든. 아직까지 낭독회를 할 기회가 없었어. 하지만 밤에 우리 방에서 옷을 갈아입는 동안 커샌드라 고모에게는 읽어 줬고 우리 둘 다 굉장히 즐거워했단다.

1장이 특히 마음에 들어. 레이디 헬레나가 너무 어리석지 않나 하는 약간의 의심만 빼면 말이지. 결혼에 대한 대사도 아주 잘 썼더라. 수전은 늘 그랬듯 좋고, 이제 세실리아에 대한 관심은 없어졌어. 이스턴 코트에 계속 있든 말든. 헨리 멜리시는 너무 전형적인 소설 속 인물 같아. 잘생기고 서글서글하고 나무랄 데 없는 청년이(현실에서는 찾아보기 힘든) 절절한 사랑에 빠지지만 결국 사랑을 이루지 못한다는 게 말이야. 하지만 내가 뭐라고 벌써 판단하겠어. 제인 에저튼은 아주 자연스럽고 이해하기 쉬운 인물이네. 제인과 수전의 우정도, 수전이 세실리아에게 보내는 편지도 굉장히 좋았고 캐릭터와 잘 맞아떨어졌어. 하지만 에저턴 양이 완벽하게 마음에 들지는 않아. 오빠에게 사랑에 빠지지 말라고 조언하는 장면이 우리 생각에는 너무 격식을 차리고 진지한 것처럼 보여. 현명한 여성답지 않지 않게 직접적으로 강요하는 느낌이야. 그보다는 넌지시 암시했으면 더 좋았을 거야. 네가 레이디 켄드릭이라는 인물을 추가해서 우리는 정말 감사하고 있어. 이로써 작품의 가장 큰 문제가 해결될 거야.

　우리 의견을 많이 반영하면서 그렇게 강한 인내심을 보여주다니, 인정하건대 너는 정말 대단한 작가야. 피셔 부인과 토머스 경의 이야기는 굉장히 재미있을 것 같아 기대돼. 벤 르프로이에게 네 작품에 관해 말한 건 훌륭한 결정이었어. 그가 몹시 좋아한다니 기쁘다. 응원과 칭찬이야말로 "모든 것을 초월하는 기쁨"일 거야. 세실리아만큼 좋아하는 인물이 없을 거라는 그의 예상은 놀랍지 않았어. 하지만 훗날 수전의 팬이 되지 않는다면 그게 더 놀랍다고 생각해. 데버루 포레스터가 허영심으로 망하는 설정은 최고야. 하지만 그를 "방탕의 소용돌이"에 빠뜨리지는 말았으면 좋겠다. 그 자체에 반대한다기보다는 그 표현을 참을 수 없거든. 완전히 새로운 속어인데 너무 고루해서 아담이 처음으로 펼친 소설에 나올 법한 말 같아.

그래, 정말로 벤의 의견이 궁금했어. 앞으로도 계속 만족했으면 좋겠다. 분명 그럴 거야. 하지만 사건이 풍부한 소설이라고 속일 수는 없지. 그가 프로길리언이라는 이름을 대수롭지 않게 생각하는 것도 놀랍지 않아. 그 이름이 주는 즐거움을 얼마나 이해할 수 있겠니.

월터 스콧은 절대 소설을 쓰면 안 돼. 더구나 좋은 소설은. 불공평하잖아. 시인으로서 명성과 이익을 얻었으면 됐지, 다른 사람의 밥벌이 수단까지 빼앗으면 어쩌겠다고.

정말 싫다. 할 수 있으면 『웨이벌리』(월터 스콧의 역사소설 — 옮긴이)도 좋아하고 싶지 않아. 하지만 어쩔 수 없이 좋아하게 되겠지.

하지만 웨스트 부인(영국의 소설가 제인 웨스트 — 옮긴이)의 『앨리시아 드 레이시Alicia De Lacy』는 절대 좋아하지 않기로 굳게 결심했어. 읽게 될 일 없겠지만 만약 읽는다 해도 말이야. 웨스트 부인이 쓴 소설은 무엇이든 안 읽고 버틸 수 있을 것 같아. 나는 에지워스 양(아일랜드 작가 마리아 에지워스 — 옮긴이)과 네 소설, 그리고 내 소설 말고 다른 소설은 절대 좋아하지 않기로 마음을 정했어.

에저턴을 더 흥미롭게 하려면 어떻게 해야 할까? 가족사 같은 것을 만들어서 선한 면을 더 부각했으면 좋겠어. 곤경에 처한 형제나 자매를 위해 부목사

직을 팔아 문제를 해결한다거나! 아니면 알 수 없는 이유로 홀연히 사라졌다가 요크나 에든버러에서 낡은 외투 차림으로 발견되는 거야. 현실성 없는 설정을 진지하게 추천하지는 않지만 그를 더 강렬하게 만들 방법을 고안한다면 좋은 결과가 나올 거라고 봐. 전 재산을 모리스 대령에게 빌려주는 건 어때? 하지만 그렇게 했다가는 완전히 바보가 되겠지. 모리스 가족에게 불화가 생기고 에저튼이 화해를 주선하면? 마음대로 의견 내서 미안해.

프랭크 삼촌네 유모가 방금 그만두겠다고 통보했어. 하지만 네가 데려갈 만한지, 네 자리를 대신할 수 있을지는 모르겠구나. 웹 부인의 하녀로 있다가 그레이트 하우스로 오게 되었거든. 떠나는 이유는 다른 하인들과 어울릴 수 없기 때문이라더군. 사랑하는 남자가 있는데 머리가 어떻게 된 것 같아. 남자도 그녀를 사랑하지만 다른 사람들도 그 남자를 원해서 자기를 질투한다고 생각해. 경력을 보면 너희 집 같은 곳과 잘 맞을 거야. 몸이 가볍고 굉장히 깔끔해. 웹 부부가 정말 떠났어! 문 앞에 있는 마차를 보면서 이동하느라 얼마나 힘들까 생각하니 그들에게 마음을 조금 더 열어 줄 걸 하며 자책했지만 마차가 눈에서 사라지자 양심의 문이 다시 닫히는 거 있지. 그들이 떠나서 너무 행복해.

나는 셜록(영국 국교회의 주교였던 신학자 토머스 셜록―옮긴이)의 설교를 아주 좋아해. 그 무엇보다도.

사랑하는 고모
J. 오스틴

추신
하녀와 이야기해 보고 싶으면 알려 줘.

애정 없는 결혼을
택해서는 안 돼

1814년 11월 18일 금요일, 초튼에서

켄트 윙햄 굿네스턴 팜
나이트 양 앞

사랑하는 패니(조카 패니는 셋째 오빠 에드워드 오스틴의 딸이지만 에드워드가 나이트 가문에 입양을 간 관계로 나이트 양이라 불린다—옮긴이)에게

이 편지를 과연 언제까지 쓰게 될지 너만큼이나 나도 자신이 없구나. 지금 홀로 조용히 보낼 시간이 없거든. 그래도 써야지. 네가 한시라도 빨리 소식을 듣고 싶어 할 테니까. 나도 이 흥미로운 주제에 관해 쓰고 싶은 마음이 아주 간절해. 하지만 그런 목적으로 쓸 수 있을 것 같지는 않아. 나도 네가 했던 말을

되풀이하는 정도밖에 쓰지 못할 거야.

처음에는 몹시 놀랐어. 네 감정에 변화가 있으리라고는 의심조차 하지 못했으니까. 내가 자신 있게 말하는데 너는 사랑에 빠진 게 아니야. 사랑하는 패니, 나는 당장이라도 웃고 싶지만 네가 스스로의 감정을 착각한 것은 절대 비웃을 문제가 아니란다. 네게 처음 이야기를 들었을 때 주의를 줬어야 했는데, 그러지 못한 점을 진심으로 후회하고 있어. 하지만 그때는 네가 사랑에 빠지진 않았어도 나름 큰 행복을 느낄 만큼은 끌렸나 보다 생각했거든. 분명 기회만 있으면 더 행복해질 거라 믿어 의심하지 않았어. 런던에서 함께 지내는 동안에는 네가 정말 사랑에 푹 빠졌다고 생각했고. 하지만 아니야. 그 사실을 감출 수는 없지.

우리는 참 이상한 존재들이지 않니! 그의 마음을 얻고 나니 오히려 감정이 식은 것 같다니. 경마장에서 다소 불쾌한 일이 있었나 보구나. 그럴 거야. 그때 그가 쓴 표현은 사랑보다 예리함, 통찰력, 판단력이 더 큰 사람에게는 적절하지 않았겠지. 네가 그런 사람이었고. 하지만 네 감정이 이 정도로 크게 변했다는 사실은 놀랍구나. 그는 예전과 다르지 않아. 이제는 전보다 더 명백하고 한결같은 헌신을 네게 보낼 뿐이지. 차이는 그것밖에 없어. 어떻게 설명해야 할까?

사랑하는 패니, 네게 아무런 도움이 되지 않을 편지를 쓰고 있구나. 시시각각 감정이 변하고 있고, 네 생각에 도움이 될 조언을 단 하나도 해 줄 수 없을 것 같아. 한 문장에서 안타까워하다가도 다음 문장에서 웃어 버릴지도 몰라. 네가 이 편지에서 얻을 가치가 있는 의견나 조언은 아무래도 없을지도 모르겠구나.

네 편지를 저녁에 받자마자 바로 읽었고 정신없이 빠져들었어. 한번 읽기 시작하니 멈출 수가 있어야지. 너무도 궁금하고 또 걱정스러웠지. 다행히 커샌드라 고모가 다른 집에서 식사를 했기 때문에 고모를 굳이 피해 다닐 필요는 없었어. 다른 사람들은 관심도 없고.

A. 씨도 참 딱하구나! 아아, 사랑하는 패니! 수천

명의 여성들이 너와 같은 실수를 했단다. 그는 네게 처음으로 구애한 청년이었지. 얼마나 매력적이고, 얼마나 강렬했겠어. 하지만 너와 같은 실수를 저지른 수많은 사람 중에 너처럼 후회할 이유가 드문 경우는 많지 않을 거야. 그의 성품과 애정에는 부끄러워할 게 전혀 없잖니.

그렇다면 어떻게 해야 할까? 네가 달리 마음을 두는 사람은 없지. 그의 지위, 가족, 친구들, 무엇보다도 훌륭한 성품, 누구보다도 상냥한 마음씨, 엄격한 원칙, 공정한 관념, 좋은 습관은 전부 네가 귀중히 여기는 가치들이야. 처음에는 그것이 가장 중요했을 테지. 이 모든 점이 그의 편에서 유리한 주장을 하고 있어. 너도 알겠지만 그는 능력이 뛰어난 남자란다. 대학에서도 이미 증명했다시피 말이야. 다정하지만 게으른 네 남자 형제들과는 감히 비교가 되지 않을 학자야.

오, 사랑하는 패니! 그에 대해 쓸수록 내 가슴은 더 뜨거워지는구나. 그런 청년의 진정한 가치가 더 강렬하게 느껴지고 네가 다시 그와 사랑에 빠지기를 바라게 돼. 진심으로 그랬으면 한다. 이 세상에 너와 내가 완벽하다고 생각할 사람이 천 명 중에 한 명 꼴로 있겠지. 품위와 정신이 훌륭히 조화를 이루고, 다정하며 이해심 넓은데다 매너까지 뛰어난 사람 말이야. 하지만 그런 사람이 네 앞에 나타나지 않으면 어떡하니. 나타난다 해도 자산가의 장남이며 네 친구의 가까운 친척이고 너와 같은 지역 주민이라는 보장은 없을지도 몰라.

잘 생각해 보렴, 패니. A. 씨는 평범한 사람에게 없는 장점을 전부 가졌어. 그래, 단점이라면 겸손함 하나일 거야. 덜 겸손했다면 더 유쾌하고 목소리가 크고 무례하게 보였겠지. 겸손함이 유일한 단점이라니 좋지 않니? 함께 시간을 보내다 보면 활달해지고 너와 비슷해질 거야. 네 남자라면 네 방식을 배우고 따르겠지. 너무 선하다는, 그래서 복음주의자가 될 위험이 있다는 걱정은 납득할 수 없어. 나는 우리가 복음주의자가 되면 안 된다고 확신하지 않고, 적어도 이성과 감정에 따라 그렇게 된 사람이 가장 행복하고 안전하다고 생각해. 네 형제들이 재치 넘친다는 이유로 두려워하지 마. 지혜가 재치보다 낫고 장기적으로는 지혜가 승리할 테니까. 그가 다른 사람보다 신약성서의 가르침을 더 엄격하게 실천한다는 생각에도 괜히 겁먹지 말도록 해.

자, 한쪽 편에서 길게 썼으니 반대쪽 입장에서 이야기해야겠지. 간절히 부탁하는데 더 깊이 다가가지는 마. 진심으로 좋아하지 않는다면 그를 받아들일 생각조차 해서는 안 돼. 애정 없는 결혼은 택할 수도, 택해서도 안 되는 거란다. 그의 장점보다도 부족한 매너 등등이 더 크게 보인다면, 머리에서 지울 수 없다면 단호히 포기해. 이렇게 된 이상 너는 둘 중에 하나를 결정할 수밖에 없어. 그에게 지금처럼 다가오는 것을 허락하든지, 함께 있을 때 차갑게 행동하는 방법으로 그의 착각을 일깨워 주든지. 너를 포기해야 한다면 그는 한동안 몹시도 괴로워하겠지. 하지만 네가 알다시피 나는 그런 상심으로 죽는 사람은 없다고 생각해.

악보를 보내 위장하다니 대단한걸. 그 덕에 모든 문제가 쉽게 해결됐어. 악보가 없었으면 소포를 어떻게 설명해야 할지 난감했을 거야. 사랑하는 네 아빠는 성실하게 여기저기 찾아다니다 식당에 혼자 있는 나를 발견했지만, 커샌드라 고모는 네 아빠가 보낸다고 한 소포를 이미 봤거든. 하지만 다행히 아무도 의심하지 못한 것 같아.

아직 애나에게서 새로운 소식이 오지는 않았어. 새 집에서 편안히 잘 있을 거야. 그동안 애나가 보낸 편지들은 아주 분별력 있고 만족스러웠어. 행복을 과시하지 않아서 더 좋더라고. 결혼하고서 내가 존중할 수 없는 내용의 편지를 쓰는 여성들이 적지 않은데 말이야.

너도 기뻐할 소식이 있어. 『맨스필드 파크』 초판이 다 팔렸대. 헨리 삼촌이 재판을 논의하기 위해 런던으로 오라고 하네. 하지만 지금은 집을 떠나기가 어려워서 내 의사와 기쁜 마음을 편지로 전했어. 삼촌이 강요한다면 모르겠지만 굳이 가고 싶지 않아.

나는 굉장히 탐욕스러워서 기회를 최대한 활용하고 싶어. 하지만 너는 돈에 초연한 아이니 쓸데없이 자세한 얘기로 괴롭히지 않을게. 허영의 기쁨은 네가 더 잘 알겠지. 이따금 이런저런 경로로 내게 들어오는 찬사를 듣고 나면 너도 내 기분에 공감하게 될 거야.

토요일

팔머 씨가 어제 우리 집에 머물다 오늘 아침 캐시와 떠났어. 지난 이틀은 로이드 양을 기다리는 중인데 오늘은 꼭 올 것 같아. 나이트 씨와 에드워드 나이트 씨가 우리와 저녁을 같이할 예정이고, 다시 저녁 식사를 하기로 한 월요일에는 인품 좋은 주인 부부도 동석할 거야.

일요일

네 아빠가 네게 전해 달라는 말이 있어. 하지만 이번 우편으로 루이자 이모에게 편지를 썼으니 전하지 않아도 되겠다. 어제 파티는 즐거웠어. 적어도 우리가 느끼기에는 말이야. 밝고 자신감 넘치는 모습을 보니 기쁘더라. 오늘 커샌드라 고모와 나는 그레이트 하우스에서 식사를 해. 대여섯 명쯤 조촐하게 모일 거야. 예상한 대로 어제 로이드 양이 도착했고, 네게 사랑을 전해 달래. 네가 하프를 배운다는 소식에 기뻐하더구나. 헤어 양에게 줘야 할 돈을 네게 보내지는 않으려고. 너라면 미리 돈을 받는 것을 원하지 않을 테니까.

사랑을 담아
제인 오스틴

네 자신의
감정에 따라
결정해야 해

◝

1814년 11월 30일 수요일, 한스 플레이스 23번지에서

켄트 파버셤 고드머셤 파크
나이트 양 앞

사랑하는 패니에게

편지를 보내 줘서 정말 고맙구나. 집에 무사히 잘 도착했는지 알 수 있도록 조만간 또 소식 전해 줘.

헨던에 갔던 이야기를 듣고 싶을 테지. 하지만 자세히 설명할 필요는 없을 것 같아. 네 아빠가 웬만한 질문에 답을 해 줄 수 있으니까. 침실과 서랍장, 옷장 묘사는 내가 더 뛰어나겠지만 그럴 기분이 아니네. 사실 그녀(조카 애나를 가리킨다—옮긴이)가 악기를 샀다는 말을 듣고 조금 실망했어. 돈을 낭비하는 것 같아

서 말이야. 반 년 후에는 그 24기니로 시트나 수건을 샀으면 좋았을 거라고 후회할걸. 그런 연주 실력이면 아무 소득도 얻지 못할 거야.

그녀의 보라색 펠리스 코트에도 조금 놀랐어. 어떤 옷을 가지고 있는지 우리가 다 안다고 생각했는데. 탓하려는 것은 아니야. 아주 잘 어울렸고 틀림없이 필요해서 샀겠지. 몰래 구입하고 아무에게도 말하지 않았을 뿐, 문제 삼을 일은 아니야. 어제는 그녀에게서 아주 다정한 편지를 받았어. 다시 와서 하룻밤 묵고 가라는 내용이었어. 요청대로 할 수는 없었지만 그렇게 옳은 행동을 할 수 있는 사람임을 알게 되어 좋았어. 내가 가면 두 사람 모두 당연히 기뻐했을 테니까.

방금 연극에서 헤이터 씨를 봤는데 친해지면 마음에 드는 얼굴일 것 같다는 생각이 들었어. 아쉽게도 그곳에서 식사를 하지는 않더라. 볼 사람이 아무도 없으면서 극장에 있다는 게 어쩐지 조금 이상했지. 나는 아주 평온했고 이사벨라가 일으킬 수 있는 모든 소란을 여유롭게 감상했어.

자, 이제 머릿속에 자연스럽게 떠오르는 주제에 관해 쓰기 시작할게. 네 편지를 보고 너무 놀랐어. 네가 보내 준 사랑이 내게는 세상에서 가장 큰 기쁨이지만 어떤 문제든 내 의견에 좌우되어서는 안 돼. 그렇게 중요한 문제는 다른 누가 아닌 네 자신의 감정으로 결정해야지. 하지만 네 질문에 답을 하자면, 아직까지는 의심하지 않아. 만일 네가 그와 결혼을 한다면 지금의 네 감정만으로 그는 충분히 행복할 것이라 확신해. 하지만 그것이 '지금'보다 아주, 아주 먼 미래라는 사실을 비롯해 모든 것을 고려한다면 "그를 받아들이기로 결심해"라고는 도저히 말할 수 없겠어. 네 감정을 따르지 않는 한, 네게 너무 위험한 결정이야.

내가 변덕스럽다고 생각하겠지, 아마. 마지막 편지에서는 전적으로 그의 편을 들더니 이제는 반대되는 말을 하고 있다고. 하지만 어쩔 수 없어. 지금은 말로든 마음으로든 그와 결혼을 약속할 경우 네게 닥칠지 모를 시련이 무엇보다 더 크게 보이거든. 네가 다른 청년들을 많이 만나 보지 않았다는 점, 진실로 사랑에 빠질 수도 있다는 점(그래, 나는 아직도 가능하다고 생각해), 앞으로 6~7년 사이 네 삶이 유혹으로 가득할 수 있다는 점(가장 강한 애착이 형성되는 시기잖니)을 생각하면 지금처럼 미적지근한 감정으로 그에게 헌신하라 장담할 수는 없어. 맞아, 모든 면에서 그와 능력이 동등한 남자를 좋아하게 되리라는 보장은 없어. 하지만 네가 더 사랑할 수 있는 남자라면 네 눈에는 완벽해 보이지 않을까?

네가 지난 감정을 되살릴 수 있고 너 자신만의 판단으로 과거에 그랬던 것처럼 나아갈 수 있다면 기쁠 거야. 하지만 그렇게 되리라 생각하지 않아. 그런데 어찌 네 구속을 바랄 수 있겠어. 네가 그와 결혼한다 해도 나는 걱정하지는 않아. 그만큼 가치 있는 남자니 너도 곧 그를 사랑하게 될 테고 두 사람 모두 행복을 누리게 될 거야. 하지만 이런 식으로 계속되는 암묵적인 약속은 걱정해야 마땅하지. 언제 실현될지도 모르고 불확실한데. 그가 독립하기까지 몇 년이 걸릴지도 몰라. 몇 년이나 기다릴 정도로 그를 좋아하는 네 마음이 크지 않고. 변덕스럽고 유쾌하지 않은 상황이야. 과거의 착각에 대한 벌을 받고 싶다면 이게 벌이 아니고 뭐겠니. 사랑 없는 결합만큼 끔찍한 비극이 또 있을까? 한 사람에게 묶여 있으면서 다른 사람을 사랑하는 것. 너는 그런 벌을 받을 아이가 아니야.

오늘은 그를 만나지 않았다는 사실, 아니, 만나지 않을 것이라는 사실을 알아. 어제 이곳을 다녀갔거든. 다행이지. 적어도 60마일 떨어진 곳에서 저녁 식사 시간에 맞춰 도착할 것 같지 않으니까. 만나지는 못했어. 4시에 돌아오니 카드가 놓여 있더라고. H. 삼촌은 그가 '장날'에 하루 늦게 왔다는 말만 하더구나. 월요일에(헤이터 씨 얘기가 나왔을 때) 왜 초대하지 않았느냐고 네 오빠에게 물어보며 대화를 나눴지. "런던에 있는 것으로 알아. 며칠 전 본드 스트리트에서 봐서." 에드워드는 어디 가야 만날 수 있는지 모른다고 대답했고. "숙소가 어디인지 몰라?" "네." 이렇게 말이야.

사랑하는 패니, 기뻐할 나를 위해 네 소식을 또 전해 줘. 하지만 토요일 전에 도착해야 해. 월요일 아침 일찍 떠날 예정이니 그 이후에 오는 편지는 한참 후에나 받아 볼 수 있거든. 그리고 즐겁게 읽거나 다른 이들에게 전할 수 있을 만한 내용들로 부탁해. 토요일에 무어 양들과 다시 만나기로 했어. 돌아왔을 때 어여쁘게 흘려 쓴 네 손 글씨를 식탁에서 발견할 수 있기를 바란단다. 사모님 놀이를 하고 온 후에 위안이 될 거야. 나 정도 나이가 되면 안 지 하루밖에 안 되었어도 H. M 양을 좋아할 수 있지만 친하지 않은 사람과의 대화는 너무 버겁거든.

내일 한 명하고만 같이 돌아올 예정인데, 아마 그 한 명은 엘리자 양이 될 거야. 조금 걱정이 되는 것도 사실이야. 우리 둘 사이에 공통점이 없잖니. 엘리자 양은 젊고 예쁘고 수다스럽고, 대체로 드레스, 사교 모임, 찬사 같은 것만 생각하는 듯해. 다행히 샌퍼드 씨가 식사를 함께하기로 했어. 저녁에 네 삼촌과 엘리자 양이 체스를 두는 동안 샌퍼드 씨가 우스꽝스러운 이야기를 들려주면 나는 듣고 깔깔 웃겠지. 우리 둘 다 즐거울 거야.

케펠 스트리트에 들러 네가 좋아하는 찰스 삼촌

을 포함해 모두를 만났어. 찰스도 오늘 우리와 조용히 식사를 할 예정이야. 내 무릎에 앉은 꼬마 해리엇은 언제나처럼 예의 바르고 사랑스럽고 예뻤지만 몸이 썩 좋지 않더구나. 건강하고 통통한 패니는 쉬지 않고 떠들어 대는데 발음이 새고 불분명해서 오히려 재미있었어. 나중에 크면 제일 예뻐지지 않을까 싶네. 캐시는 동생들에 비하면 나를 보고 기뻐하는 기색을 보이지 않았지만 애초에 기대도 없었어. 여린 감정을 드러내지 않는 아이니까. 결코 오닐 양처럼 되지는 못할 거야. 그보다는 시던스 부인에 가깝지.

　말은 고맙지만 재쇄를 찍는 모험을 진행할지는 아직 못 정했어. 오늘 에저턴을 만나서 결정하려고. 사람들은 책을 사기보다는 빌려 읽고 찬사하는 것을 더 좋아하나 봐. 이해할 수는 있어. 나라고 찬사가 싫겠니. 하지만 나는 에드워드 오빠가 "퓨터"라 부르는 돈도 좋아한단 말이야. 오빠가 앞으로도 지금처럼 눈에 신경 쓰고, 그 효과를 보았으면 해. 그리고 기독교에 대한 우리 생각이 다르다고 할 수는 없어.

네 설명은 훌륭했어. 다만 너와 내가 복음주의라는

말의 의미를 다르게 해석할 뿐이야.

사랑을 담아
J. 오스틴

네 지력은
대우를 받아
마땅해

&

1816년 2월 20일, 초튼에서

켄트 파버셤 고드머셤 파크
나이트 양 앞

사랑하는 패니에게

　너는 정말 따라 할 수도, 거부할 수도 없는 아이구나. 네가 없으면 나는 무슨 낙으로 살까. 근래 네가 보내 준 편지들이 어찌나 재미있는지! 네 귀엽고 독특한 마음을 어찌나 잘 묘사했던지! 상상력을 얼마나 멋지게 보여 줬는지! 너는 금만큼, 새로운 은화만큼 소중하단다. 네 과거에 관해 직접 쓴 글을 읽으며 느낀 감정은 어떤 말로 표현해야 할까. 연민과 격정, 감탄과 기쁨으로 가득했어! 너는 어리석으면서도 현명하고, 평범하면서도 별나고, 울적하면서도 활기차고, 도발적이면서도 흥미로워. 이 모든 것의 화신이지. 네 급변하는 상상, 예측할 수 없는 취향, 모순적인 감정을 과연 누가 따라잡을 수 있을까? 너는 이상하지만 한편으로는 완벽하게 자연스러워! 특이한데 또 한편으로는 다른 사람들과 비슷하단 말이지!

이렇게 너와 친밀하게 교류할 수 있다는 것에 대해 얼마나 감사한 마음인지 모른단다. 네 마음을 이토록 생생하게 엿볼 수 있다니, 이보다 큰 기쁨은 없을 거야. 아아, 네가 결혼하면 얼마나 아쉬울까? 독신 상태인 너는 내게 너무도 좋은 친구야. 최고의 조카기도 하고. 네 달콤한 상상력이 전부 차분히 가라앉고 아내와 어머니로서의 애정만 남는다면 그때는 너를 미워하게 될지도 몰라.

B. 씨가 두려워. 틀림없이 너를 가지려고 할 테니까. 제단 앞에 서 있는 네 모습이 보여. 나는 C. 케이지 부인의 의견을 신뢰하고 리지의 의견은 더욱 신뢰해. 나도 그렇다고 확신하고. 그는 분명 너와 가까

워지기를 바라고 있을 거야. 아니라면 미련하고 겁 많은 남자라는 뜻이겠지. 온 가족이 너와 친해지려 하고 있잖아.

그렇다고 진심으로 반대한다는 말은 아니야. 나도 B.를 좋아하는 편이고 그 집도 너와 잘 맞는다 생각해. 다만 네가 누구와 결혼한다는 사실 자체가 마음에 들지 않을 뿐이지. 그럼에도 나는 네가 결혼하기를 간절히 소망해. 그래야만 네가 행복해질 것을 아니까. 하지만 패니 나이트를 잃은 내 마음은 무엇으로도 보상받지 못할 거야. 내 '사랑하는 조카 F. C. B.'는 기껏해야 부족한 대용품이지. 네가 날카로워져 자주 우는 게 싫구나. 그건 상태가 좋지 않다는 징후야. 하지만 스커드 씨—네가 편지에 칭하는 이름을 빌려 쓰면(네 스커드 씨는 언제나 내게 웃음을 선사하지)—가 도와주기를 바랄게.

커샌드라가 많이 회복했다니 다행이구나! 기대 이상의 소식이야. 역시 참을성 있게 인내하고 착하게 말을 잘 들었겠지. 예전부터 그 아이의 검고 예쁜 눈망울과 다정한 성격이 참 좋았어. 내 류머티즘은 거의 다 나았어. 아팠던 사실을 잊지 못하게 이따금 무릎만 조금 쑤실 뿐이야. 그래서 플란넬을 계속 두르고 있단다. 커샌드라 고모가 정말 심혈을 다해 간호해 줬어.

굿네스턴에서 잘 지내고 있다니 다행이네. 네게도 큰 기쁨이겠지. 아주 오랜만에 패니 케이지와 편안하게 만나는 것이니 말이야. 그녀가 네게 제대로 설명하고 충고하고 설득해 주기를 바라. 왜 너는 그가 다른 사람과 결혼할까 두려워하지?(하지만 자연스러운 감정이야!) 네가 그를 선택하지 않았는데, 그가 다른 곳에서 위안을 찾으면 안 되는 이유가 뭐야? 너는 그가 더 활발한 동반자를 견디지 못한다는 사실을 알고 있어. 그가 한스 플레이스에서 식사를 했을지도 모른다는 사실에 네가 느꼈던 감정을 잊을 수도 없고.

사랑하는 패니, 네가 그로 인해 불행하다고 생각하면 괴로워 견딜 수가 없구나. 그의 신념을 생각해. 그쪽 아버지의 반대, 가난 등등도. 하지만 내가 이런

다고 무슨 소용이 있겠니. 내가 그를 강경히 반대할 수록 너는 그의 편을 들고 싶어질 텐데 말이야. 사랑스러운 고집쟁이 같으니.

이제야 말하지만 우리는 네 동생 헨리를 정말 한없이 좋아하게 되었어. 컵을 가득 채운 물이 아슬아슬하게 넘칠 만큼. 아주 매력적인 청년이야. 어떻게 해야 나아질 수 있다는 건지 모르겠다. 모든 면에서 아버지와 누이가 바라는 사람이 될 가능성이 높아 보여. 윌리엄도 정말 사랑하지. 우리 다 그래. 정말 우리의 윌리엄이야. 한마디로, 우리는 함께 굉장히 잘 지내고 있어. 적어도 우리끼리는 그렇게 확신할 수 있단다.

우리는 디데스 부인을 5월과도 같이 환영하는 마음으로 그녀의 아들에게 기꺼이 선행을 베풀었어. 더 도와줄 수 없어 아쉬울 따름이야. 헤어질 때 손에 쥐어 준 50파운드 지폐가 최선이었어. 디데스 부인은 정말 좋은 사람이야! 그래, 스캔들과 가십의 대상이지. 너도 이야기를 잔뜩 쌓아 두었을 거야. 하지만 내가 부인에게 큰 호감을 느끼는 이유는 명백히 존재해. 『엠마』를 비롯해 내 작품을 칭찬했다는 말 전해 줘서 고마워.

네 삼촌 H.의 셔츠에 무늬를 수놓았어. 많은 이의 애정 어린 관심을 보여 주는 완벽한 기념물이 되었지.

금요일

어제 이 편지를 쓰기 시작할 때만 해도 네 동생이 돌아가기 전에 보낼 계획은 아니었어. 하지만 내 어리석은 생각들을 이 편지에 휘갈겨 쓰는 것을 내 앞에서 뚫어져라 쳐다보고 있어 편지를 더 오래 붙잡고 있지는 못하겠다.

콰드리유(19세기에 유행한 춤―옮긴이)를 설명해 줘서 고마워. 볼수록 괜찮아지네. 물론 나 때의 코티용(18세기에 프랑스에서 시작된 춤―옮긴이)을 따라올 수는 없지만 말이야.

지난 일요일 벤과 애나가 헨리 삼촌의 설교를 들으러 여기까지 걸어왔어. 애나는 정말 예쁘더라. 그렇게 젊고 생기 넘치고 순수한 모습을 보니 정말 좋았어. 평생 못된 생각 한 번 하지 않은 것처럼 생겼지. 원죄의 교리를 믿는다면 한번쯤은 당연히 그런 생각을 했겠지만 말이야. 리지가 연극을 훌륭히 준비할 수 있으면 좋겠네.

헨리가 잘생겼다는 말이 많지만 에드워드만 한 미남은 아니야. 나는 개인적으로 에드워드의 얼굴을 선호해. 윌리엄은 보기 좋고 식욕도 왕성하고 아주 건강해 보이더구나. 봄에 고드머섬에서는 대대적인 이별을 치르겠네. 동생들이 다 떠나면 기분이 싱숭생숭할 거야. 하지만 당연한 일이지! 가여운 C. 양! 진실로 스스로를 이해하기 시작하면 그때 안쓰러워해야지.

네가 콰드리유를 좋아하지 않는다고 해서 무척 기뻤어. 한 사람에게 돌이킬 수 없이 얽매인 숙녀치고는 괜찮은 반응인걸! 귀여운 패니, 네 자신에 대해 그렇게 생각하지 마렴. 아무리 상상이라 해도 네 분별력에 악의적인 비방을 퍼뜨리지 마라. 욕망에 끌려 네 지력을 나쁘게 말하지 마. 네 지력은 더 명

예로운 대우를 받아 마땅해. 너는 그를 사랑하는 게
아니야. 처음부터 사랑한 적 없었어.

애정을 담아
J. 오스틴

그의 사랑이
크지 않다면

1816년 3월 13일 목요일, 초튼에서

사랑하는 패니에게

네 편지에 걸맞은 답장을 쓰는 것은 절대 불가능한 일이야. 남은 평생을 바치고 므두셀라만큼 오래 산다 해도 그토록 길고 완벽한 편지는 완성하지는 못할 거야. 하지만 윌리엄을 그냥 보낼 수는 없으니 고맙다고 몇 줄이라도 답장을 적어야겠지.

그 사람과는 잘 끝냈어. 네 설명을 들으면 그는 너를 사랑하려 노력할 수는 있지만 사랑하는 게 아니야. 그의 사랑이 대단히 크지 않다면 너와 맺어지기를 바랄 수 없지. 제미마 브랜필은 나도 어떻게 해야 할지 모르겠구나. 그렇게 열정적으로 춤을 추는 의미가 무엇일까? 그에게 관심이 없는 건가? 아니면 관심 없는 것처럼 보이고 싶을 뿐인가? 젊은 아가씨의 마음을 누가 이해할 수 있겠니?

가여운 C. 밀스 부인. 그렇게 오래 끌더니 결국에는 엉뚱한 날에 세상을 떠나다니! 굿네스턴 사람들이 너를 만나지 못한 것도 안타깝구나. 친절하고 다정하고 사교적이어서 사람들을 모으는 것을 좋아하던 부인인데, 자신 때문에 사람들이 분열하고 실망하고 있다는 사실을 몰랐으면 좋겠네. 유산으로 남긴 것이 많지 않다는 네 말이 놀랍고 또 안타까워. 개인적으로 호감은 없지만 밀스 양에게 안쓰러움을 느끼게 되네. 안 그래도 상실감을 느낄 텐데 소득까지 줄어들다니. 독신 여성은 가난하게 살 가능성이 무척 높다는 것은 사실이야. 이 점은 결혼을 해야 한다는 주장에 강력한 논거로 작용하지. 하지만 사랑스러운 패니 네게 이런 말을 할 필요는 없을 거야.

내가 늘 했던 말을 다시 하지만 너무 서두르지 말자. 언젠가는 네게 맞는 남자가 나타날 거야. 앞으로 2~3년 안에 지금까지 만난 그 누구보다도 모든 면에서 뛰어난 사람이 나타날 거란다. 너를 뜨겁게 사랑하고 완벽하게 사로잡을 사람 말이야. 그때가 오면 이것이야말로 진정한 사랑이구나 느끼게 될 거야.

A. 가족은 이제 아예 무도회에 오지 않니? 네 편지에 언급되지를 않네. 그럼 가족 소식은 없어? 패니 부부는?

커샌드라 고모는 어제 디그위드 부인과 와이어즈까지 걸어갔어. 애나가 심한 감기에 걸려 얼굴이 하얗게 질렸대. 이제 막 줄리아가 젖을 뗐는데…….

최근에 해리엇 숙모에게서도 편지가 왔는데 왜 S. 양을 높게 평가하면서도 내보내려 하는지 이해할 수가 없어. 이제 해리엇과 엘리너 모두 가정교사가 꼭 필요한 나이잖아. 몇 년 전 캐럴라인이 학교에 들어갔을 때는 어린애들만 있는 집에 빌 양을 계속 두더니 말이야. 이해할 수 없지만 그럴 만한 이유가 있겠지. 그 이유를 알기 전까지는 다른 이유를 하나 지어내서 즐거운 상상을 하려 해. S. 양은 더 품격 높은 여성이어서 벨 양처럼 고용주에게 아첨하며 자기를 추천하는 짓을 안 했던 것이 아닐까.

네가 다정히 물어본 질문들에 자세히 답을 해 줄게. 『캐서린』(제인 오스틴의 미완성 소설 ― 옮긴이)은 현재 보류한 상태고 언제 다시 세상에 나올지 모르겠어. 하지만 다른 작품 하나는 출간할 준비가 되었단다. 약 12개월 후로 예상하고 있어. 길이는 단편이야. 『캐서린』 정도. 너만 알고 있으렴. 살루스버리 씨나 와일드먼 씨가 알아서는 안 돼.

나는 건강을 꽤 회복해서 산책도 하고 바깥 바람을 쐬기도 한단다. 걷다가도 앉아서 쉬어야 하지만 운동을 충분히 하고 있어. 하지만 봄이 다가오는 만큼 조금 더 움직여 볼 생각이야. 당나귀를 타려고 해. 마차를 이용하는 것보다 더 자유롭고 덜 불편할 거고, 커샌드라 고모가 올턴과 와이어즈로 걸어갈 때 같이 갈 수도 있겠지.

윌리엄이 건강해 보였으면 좋겠구나. 얼마 전에는 안색이 영 안 좋더라. 커샌드라 고모에게 약을 달라고 해서 줬어. 너도 이해하리라 생각해. 윌리엄과 나는 절친한 친구가 됐어. 얼마나 사랑스러운지. 어색한 구석이 없어. 애정도, 매너도, 농담도. 윌리엄 덕분에 우리 모두 아주 즐겁게 보내고 있단다.

매트 해먼드와 A. M. 쇼가 어떻게 되든 관심 없지만, 그들과 같은 상황이 되니 행복해서 다행이다 싶어. 내가 만약 리치먼드 공작 부인이고 아들이 그런 선택을 했다면 괴로움에 몸부림쳤을 거야.

가여운 해리엇 때문에 걱정이 나날이 심해지고 있어. 최근에 들은 소식에 따르면 홈 경이 뇌수종이라 확진을 했대. 자애로운 하나님이 빨리 데려가 주시기를 빌어. 아이 아빠는 마음의 고통으로 얼마나 힘들까. 지금은 캐시를 보낼 수가 없지. 그나마 캐시가 있어 시름을 덜고 위안을 받고 있을 거야.

나를 위해서라도
더 즐겁게 보냈어

1816년 9월 8일 일요일, 초튼에서

첼트넘 우체국
오스틴 양 앞

친애하는 커샌드라 언니에게

오늘 도착한 언니 편지를 아주 묵묵히 잘 받았어. 누가 봐도 기쁨의 선물이라 생각했을 거야. 첼트넘 생활이 만족스럽다니 다행이다. 물이 잘 맞으면 다른 것들은 중요하지 않지.

지난 목요일에는 찰스가 언니 앞으로 보낸 편지가 도착했어. 케플 스트리트에 무사히 잘 도착했고 아이들도 브로드스테어스에 다녀온 후로 훨씬 좋아졌대. 자기가 P. 양, 딸들과 언제 가면 좋은지 물어보려고 편지를 보냈더라고. 편지를 쓴 날로부터 열흘 정도 후에 출발해 햄프셔와 버크셔로 갈 건데, 초튼에 먼저 들르고 싶다나 봐.

내가 9월 마지막 주까지 기다리는 게 나을 것 같다고 답장했어. 언니 사정도 있고 방이 부족해 더 일찍 오라고 할 수는 없으니까. 언니는 대략 23일쯤 돌아온다는 말도 함께 전했어. 언니가 첼트넘에서 출발하면 길에서 보내는 반나절도 내게는 아깝게 느껴질 거야. 헝거퍼드에서 초튼까지 가는 마차만 있었어도! 찰스에게 답장 빨리 보내 달라고 했어.

방이 필요한 사람 목록에 하녀를 포함하지는 않았지만 하녀를 데리고 온다면, 분명 데리고 올 텐데, 그렇게 되면 찰스가 쓸 침대도 없어. 헨리 오빠는 말할 것도 없고. 하지만 어쩌겠어?

우리가 그레이트 하우스를 자유롭게 쓸 수 있게 됐어. 하루이틀 안에 파피용 가족의 하인들이 다 나가기로 했거든. 파피용 가족은 자기 몫을 차지하려고 에섹스로 서둘러 떠났어. 숙부가 엄청난 유산을 남겼다거나 하지는 않았고, 오랜 친구이자 부자 친척인 로스턴 부인이 갑자기 세상을 떠났는데 어떻게든 남은 재산을 싹싹 긁어모으려는 거지. 그들이 공동 유언집행자래. 켄트의 파피용 가족이 이곳에 오는 것과도 이제 즐거운 작별이야.

오늘은 아침 예배가 없어서 이렇게 12시에서 1시 사이에 편지를 쓰고 있어. 오후에는 벤 씨가 오고, 하늘이 흐리고 울리는 소리가 나는 것을 보니 또 비가 올 모양인가 봐. 언니가 벤 부인의 상황을 자세히 설명해 주지 않았지만, 간호사를 불렀다는 얘기를 들었어. 어제는 F. A. 가족이 우리와 식사를 했는데 올 때도 갈 때도 날씨가 좋았어. 전에 왔을 때는 한 번도 이런 적 없었거든. 아직도 하녀를 못 구했다고 해.

우리는 올턴에서 아주 만족스러운 하루를 보냈어. 사슴 고기가 맛있었고 아이들도 얌전히 말을 잘 들었어. 디그위드 부부는 제스처 놀이와 다른 게임도 기꺼이 함께해 줬고. 에드워드가 내 제안대로 S. 깁슨 양과 즐겁게 어울려서 에드워드 엄마가 기뻐했다는 말도 꼭 해야겠다. 스위니 씨가 없다는 점만 빼면 다 좋았어. 하필이면 바로 전날 런던으로 불려 갔지 뭐야! 우리는 달빛을 받으며 기분 좋게 집으로 걸어왔어.

격정해 줘서 고마워. 등의 통증은 며칠째 잠잠해. 흥분도 피로만큼이나 해로운가 봐. 언니가 떠날 때 아팠던 건 언니가 떠나는 상황 때문이었던 것 같아. 지금은 최대한 건강한 상태로 스스로 몸을 돌보고 있어. 화이트 박사가 이곳을 떠나기 전 나를 찾아올 거라는 말을 들었기 때문이지.

저녁

오늘 아침 프랭크 오빠 내외와 아이들이 방문했어. 깁슨 부부는 23일에 올 예정인데 일주일 넘게 머물 게 뻔해서 걱정이야. 며칠 전에 꼬마 조지에게 물어보니 언니가 어디로 갔는지, 자기에게 뭘 가져다 줬는지 다 말하더라.

토머스 밀러 경이 세상을 떠났어. 편지를 쓸 때마다 언니에게 죽은 사람의 작위를 내리는 기분이네.

오를레앙 공작과 포콕 씨뿐만 아니라 C. 크레이븐도 언니와 있단 말이지. 하지만 언니가 평범한 지인 한 명 늘리지 못했다니 당황스럽기 짝이 없다. 제발 언니와 어울리는 사람을 좀 만나. 어떻게 아는 사람이 아무도 없을 수가 있어?

디그위드 부인은 해나와 요리사 할머니 둘 다 내보내기로 했어. 해나는 평판이 좋지 않은 애인과 못 헤어진다고 하고, 요리사는 뭐 하나 제대로 하는 일이 없대.

원래는 이번 주에 테리 양이 자기 언니와 보내기로 했는데 또 미뤘어. 내 착한 친구는 인간관계의 가치를 참 잘 안다니까. 언니가 떠난 날 이후로 애나를 못 봤네. 그래도 그 애 아버지와 형제가 거의 매일 방문한대. 목요일에는 에드워드와 벤이 들렀지. 에드워드는 셀본으로 가는 길이었어. 정말 유쾌한 녀석이야. 프랑스에 다녀온 소감은 모두의 기대에 부합했어. 전부 실망스러웠대. 파리 밖으로는 나가지도 않았다더라.

페리고르 부인이 편지를 보냈어. 어머니와 다시

런던에 왔다고 하더라. 프랑스는 가난과 절망이 가득한 곳이라고 묘사하더라고. 돈도 없고, 상거래도 이루어지지 않고, 여관 주인들만 이익을 보고 있대. 부인의 우울한 상황도 전보다 크게 나아지지 않은 듯해.

샤프 양의 편지도 받았어. 샤프 양다운 편지였지. 전보다 더 지치고 괴로운 상황에서 또 힘겹게 고생해야 했다더라. 유능한데다 이 세상에서 가장 고결한 노의사와 부인을 만났는데 순수한 사랑과 자애심으로 샤프 양을 치료해 주기로 했대. 스토러 박사 부부가 팔머 모녀 같은 존재인 셈이야. 지금은 브리들링턴에 있으니까. 그래도 편지 내용이 전체적으로는 예전보다 나아서 다행이야. 윌리엄 경이 돌아왔대. 또 브리들링턴에서 체벳으로 갈 예정이고 어린 가정교사를 두게 되었대.

전에도 말했지만 에드워드와 있으면 참 즐겁지만 그렇다고 금요일이 와서 크게 아쉽지는 않았어. 일주일 내내 정신이 없었던 터라 며칠 정도는 조용히 지내며 사람과 어울릴 때면 하지 않을 수 없는 생각과 계획에서 벗어나고 싶었거든. 가끔 궁금할 때가 있어. 언니는 어떻게 살림을 하면서 다른 일들까지 척척 할 수 있는 거야? 웨스트 부인도 그래. 대체 어떻게 가족을 돌보면서 그렇게 대단한 책을 쓰고 어려운 단어들을 모을 수 있는지 놀랍다니까. 나는 양고기 구이와 향신료 용량 같은 것으로 머리가 가득 차 있으면 절대 글을 쓸 수 없었을 것 같은데 말이야.

월요일

우울한 아침이야. 언니가 펌프룸에 가지 못할까 봐 걱정돼서 말이지. 지난 이틀은 즐거웠어. 언니를 위해서라도 더 즐겁게 보냈지. 하지만 오늘은 모두의 기분을 상하게 할 정도로 마음이 울적하네. 메리가 2주 후에는 숙소를 옮겼으면 좋겠다. 외진 곳을 잘 찾아보면 언니에게 더 적절한 숙소를 발견할 수 있을 거야. 포터 부인의 숙소는 하이 스트리트라는 이름 때문에 그 요금을 받는 거지.

피아노를 응원하려고! 그 소리가 언니를 몰아내

고 말 거야. 올해는 꿀이 나지 않는다는 말을 들었어. 안 좋은 소식이지. 남은 벌꿀 술은 아껴 마셔야 할 텐데, 안타깝게도 20갤런짜리 통이 바닥을 보이기 시작했어. 예전에는 어떻게 14갤런을 오래 두고 마셨지?

쿠퍼 씨의 새로운 설교는 마음에 들지 않았어. 전보다 부활과 개종 얘기로 가득한데다 성서공회 활동에 대한 열정까지 더해져서 말이야.

마사가 메리와 캐럴라인에게 사랑을 전해 달래. 아이들이 펠리스 외투를 좋아했다고 하니까 뛸 듯이 기뻐했어. 데버리 가족은 정말 끔찍하지! 내일 오빠를 만날 예정이지만 하룻밤만 있을 거래. 에드워드 오빠도 없는데 경마에 관심을 보일 줄 몰랐어. 모두에게 안부 전해 줘.

사랑하는 동생
J. 오스틴

너는
사랑받을 자격이
있단다

1817년 5월 27일 화요일
윈턴 칼리지스트리트 데이비드 부인 댁에서

옥스퍼드 엑서터 대학
J. E. 오스틴 님 앞

사랑하는 에드워드에게

내가 아픈 동안 네가 보내 준 따뜻하디 따뜻한 걱정에 감사하는 방법은 되도록 빨리 차도를 보이고 있다는 소식을 들려주는 것일 테지. 손 글씨를 자랑할 수는 없겠다. 필체도, 내 얼굴도 본래의 아름다움을 되찾지 못했으니까. 하지만 그 외에는 빠르게 활력을 찾아 가고 있어. 이제는 아침 9시부터 밤 10시까지 침대 밖에 나와 있단다. 그래 봐야 소파가 한계지만, 커샌드라 고모와 제대로 식사를 하고 스스로

할 일을 하고 이 방에서 저 방으로 돌아다닐 수도 있게 됐어.

라이퍼드 씨는 나를 반드시 낫게 해 줄 거래. 만약 실패하면 탄원서를 작성해 주임 사제와 사제단에 제출하려고. 그렇게 경건하고 박식하고 청렴한 분들이라면 틀림없이 해결해 주실 거야. 우리 숙소는 아주 편안해. 아담하고 깔끔한 응접실에는 가벨 박사의 정원이 내다보이는 창문도 있어. 네 부모님이 마차를 보내 줘서 토요일에 그리 힘들지 않게 이곳으로 왔단다. 날이 좋았다면 피로를 느끼지도 못했을 거야. 말을 타고 배웅해 준 헨리 삼촌과 윌리엄 나이트가 내내 비를 맞아서 그 모습을 보는 것이 가슴 아팠지.

두 사람은 내일 방문할 예정이야. 하룻밤 있다 갔으면 좋겠다. 견진성사가 있고 휴일인 목요일에는 아침 식사 때 찰스를 부르려고. 찰스는 가엾게도 병실에 있어 한 번밖에 오지 못했단다. 그래도 오늘 밤에는 나올 수 있으면 좋겠네. 히스코트 부인은 매일 찾아오고 윌리엄도 곧 방문한다고 했어. 사랑하는 에드워드, 네게 신의 축복이 깃들기를. 설령 병으로 앓아누워도 나만큼이나 정성 어린 간호를 받을 수 있기를 바란다. 신의 축복으로 모든 불안이 사라지고 너를 아끼는 친구들에 둘러싸이기를 빌어. 그리고 가장 큰 축복으로, 그들의 사랑을 받을 자격이 없지 않다는 사실을 네가 가슴으로 받아들이기를 감히 바란다. 나는 그럴 수 없었어.

너를 아주 많이 사랑하는 고모
J. A.

추신

내가 편지를 쓴다고 약속하지 않았으면 마사 숙모가 또 소식을 전했을 거야. 네게 사랑한다고 전해 달라더구나.

커샌드라의
편지

YOURS
AFFECTIONATELY,
J. A

◆

이별의 순간이
이리도 빨리 올 줄이야

1817년 7월 20일 일요일, 윈체스터에서
커샌드라 엘리자베스 오스틴 보냄

패니에게

사랑하는 패니에게

　너와 나의 곁을 떠나 버린 천사의 몫까지 더해 내게 두 배로 소중한 존재가 된 우리 조카. 제인은 너를 누구보다 진심으로 사랑했어. 투병 기간 중 네가 제인에게 보내 준 사랑의 증거도 나는 평생 잊지 못할 거다. 네 감정을 따르면 전혀 다른 편지가 나왔을 시기에도 너는 다정하고 재미있는 편지를 보내 주었지. 내가 줄 수 있는 보상이라면 네 자애로운 마음이 결코 헛되지 않았다는 확신뿐이로구나. 네 덕분에 제인은 참 즐거워했어.

네 마지막 편지조차도 그 아이에게는 즐거움이었지. 나는 봉인만 뜯어 건네주었단다. 제인은 편지지를 펼쳐 읽고는 내게도 읽어 보라 내밀더니 우울하지 않은 목소리로 편지 내용에 관해 조금 떠들었어. 하지만 그때도 평소의 관심사에 대해 예전만큼의 관심을 쏟을 수 없는 무기력함이 묻어 있었지.

화요일 밤부터 통증이 재발하며 눈에 띄는 변화가 나타났어. 수면 시간이 늘었고 잠을 훨씬 편안하게 자더구나. 그래, 마지막 48시간은 깨어 있는 시간보다 잠들어 있는 시간이 더 길었어. 얼굴이 달라지고 몸이 야위었지만 기력이 크게 떨어졌다고 느끼지는 못했어. 당시에도 회복할 가망성이 없다는 건 알았지만 이별의 순간이 그렇게 빨리 다가오고 있을 줄이야.

나는 보물을 잃었어. 이 세상 그 무엇과도 비교할 수 없는 최고의 동생, 최고의 친구를. 제인은 내 삶의 태양이었다. 제인이 있었기에 내 모든 기쁨은 금빛으로 반짝였고 내 모든 슬픔은 누그러졌지. 생각 하나 숨기지 않는 사이였기에 마치 내 일부가 떨어져 나간 느낌이야. 나는 제인을 너무도 사랑했어. 그 아이가 받아야 마땅한 사랑에는 미치지 못했지만, 제인에게 애정을 쏟느라 때때로 다른 사람들에게 소홀하고 불공평했다는 것도 알아. 그래서 지금의 이 시련도 일반 원칙이 아니라 신의 섭리가 공정하게 작용했다는 뜻이라는 확신이 드는 거야.

내가 어떤 사람인지 모르니? 이런 감정 때문에 완전히 무너질까 걱정하지 않아도 돼. 돌이킬 수 없는 상실임을 잘 알고 있어. 하지만 슬픔에 압도되거나 건강이 상하지는 않았어. 잠시 쉬면서 바람을 쐬면 괜찮아질 거야. 마지막 순간까지 제인의 곁을 지킬 수 있게 해 준 신께 감사드려. 자책할 이유는 많지만 제인의 안녕에 일부러 소홀하지 않았다는 점만큼은 후회의 목록에 추가하지 않아도 되니 다행이지.

제인은 자신이 죽어 간다고 느끼기 시작한 지 약 30분 후부터 조용해졌고 의식도 사라진 듯했어. 그 30분 동안 가엾게도 얼마나 괴로워했는지! 어떻게 고통스러운지 설명할 수 없다고 했어. 잔잔하게 지속되는 통증을 호소할 뿐이었지. 원하는 게 있느냐고 내가 묻자 오직 죽음만을 원한다고 대답했어. 간혹 이런 말도 했고. "신이시여, 제게 인내심을 주시고 부디 저를 위해, 아, 저를 위해 기도해 주소서!" 환자의 목소리였지만 무슨 말을 하는지는 똑똑히 알아들을 수 있었어.

사랑하는 패니, 괜히 자세히 이야기한다고 네가 괴로워하지 않았으면 좋겠다. 지금 이 편지는 네게 감사를 표현하는 한편 내 감정을 토로하려는 목적도 있거든. 네가 아닌 다른 사람에게는 이런 편지를 쓸 수 없어. 실제로도 내가 편지를 보낸 사람은 너뿐이란다. 네 할머니를 제외하면 말이야. 금요일에도 찰스 삼촌이 아니라 할머니에게 편지를 썼어.

나는 목요일에 저녁 식사를 마치자마자 네 사랑스러운 고모의 성화에 못 이겨 마을로 심부름을 하러 갔어. 5시 45분경 돌아왔는데 실신해 숨이 막히는 증상에서 회복하는 중인 거야. 그래도 어떻게 발작이 일어났는지 자세히 설명할 수 있을 정도로 괜찮아졌고 시계가 6시를 알릴 즈음에도 내게 나직이 이야기를 하고 있었어.

그 뒤로 얼마나 있다가 또 실신해서 발작을 일으키기 시작했는지는 모르겠어. 괴로워하는데도 어떤 증상인지 묘사하지를 못하더라. 하지만 연락을 받고 온 라이퍼드 씨가 무언가를 발라 주니 편안해졌고 적어도 7시부터는 고요한 무의식 상태에 빠졌어. 그때부터 4시 반이 지나 호흡이 멎기까지는 팔다리에도 움직임 하나 없었다. 당연히 우리도 신께 감사하며 고통이 끝났나 보다 생각했지. 마지막 순간까지도 숨을 쉴 때마다 머리가 조금씩 움직이는 증상은 계속되었어. 머리가 침대 밖으로 떨어질 지경이라 내가 가까이 앉아 무릎에 베개를 두고 머리를 받쳐 주었어. 6시간 동안 그러고 있으니 피곤해져 J. A. 부인과 2시간 반쯤 교대했다가 돌아왔고 제인은 그로부터 1시간 반 후에 마지막 숨을 내뱉었어.

나는 눈을 직접 감겨 줄 수 있었어. 마지막으로 한 번 더 봉사할 수 있어 얼마나 감사하던지. 얼굴에는 고통을 암시하는 경련 하나 없었어. 오히려 머리를 계속 움직이는 것만 빼면 아름다운 조각상을 보는 듯했지. 관에 누워 있는 지금 이 순간에도 얼굴에는 평온하고 사랑스러운 분위기가 감돌고 있어 보고 있노라면 무척 기분이 좋아진단다.

사랑하는 패니, 너는 오늘 비보를 들었을 거야. 몹시도 괴로워하겠지. 하지만 너 또한 위로의 원천에 기댈 것을 알아. 우리의 자애로운 하나님께서는 네가 올리는 기대를 외면하지 않으시리라는 것도.

마지막 슬픈 의식은 목요일 아침으로 예정되어 있어. 소중한 유해는 성당에 안치될 거고. 제인이 감탄해 마지않던 건물에 잠든다고 생각하니 마음이 좋아. 고귀한 영혼은 그보다 더 대단한 저택에서 안식했으면 하지만. 언젠가는 내 영혼과 그 아이의 영혼이 재회하는 날이 오기를!

장례식에는 네 아빠와 헨리, 프랭크 삼촌(제인과 커샌드라의 형제 프랜시스의 애칭이다—옮긴이), 그리고 에드워드 삼촌 대신 아들 에드워드가 참석할 거야. 다들 경건한 의무를 다하는 동안 오래 힘들어하지 않아야 할 텐데. 예배가 10시에 시작하기 때문에 의식은 그 전에 끝내야 해. 그래서 그날 집으로 일찍 돌아갈 거야. 이곳에 남을 이유가 없으니까.

제임스 삼촌은 어제 왔다가 오늘 돌아갔어. 헨리 삼촌은 내일 아침 초튼으로 갈 예정이고. 이곳에서 필요한 지시는 전부 내렸고 초튼에서 도울 일이 있을 거야. 화요일 저녁에 다시 돌아오기로 했어.

시작할 때는 이렇게 길게 쓸 생각이 아니었는데 쓰다 보니 멈출 수가 없었어. 내 편지가 네게 고통보다는 기쁨을 주었기를. J. 브리지스 부인에게 안부 전하고(그분이 너와 같이 있어 다행이야) 리지와 다른 사람들에게도 사랑을 전해 줘.

너를 진심으로 사랑하는
커샌드라 엘리자베스 오스틴

추신
초튼에는 아직 아무 말도 하지 않았어. 네 아빠가 소식을 전할 테니까.

커샌드라의 편지 2
✦
의식은 고요하게
진행됐어

1817년 7월 29일 화요일, 초튼에서
커샌드라 엘리자베스 오스틴 보냄

캔터베리 고드머셤 파크
나이트 양 앞

사랑하는 패니에게

방금 네 편지를 세 번째로 읽었어. 내게 전해 준 다정한 말들 진심으로 고마워. 나를 제외하면 그 누구보다 제인을 잘 알았던 네가 제인에게 보낸 찬사는 더 감동적으로 느껴졌어. 네가 제인에 대해 표현한 글을 읽으며 형언할 수 없는 위로를 받았단다. 우리의 사랑하는 천사가 이곳에서 일어난 일들을 알고 아직 지상의 감정을 느끼고 있다면 자기에게 쏟아지는 애도에 기뻐했을 거야. 제인이 살아 있었다면 제인 역시 네게 같은 말을 했을 거라 생각해. 너희는 확실히 비슷한 점이 많아. 서로의 깊은 곳까지 알고 애정을 나누는 거울 같은 존재였지.

　목요일은 네가 상상하는 것만큼 끔찍한 하루는 아니었어. 할 일이 너무 많아서 슬픔에 빠져 있을 시간이 없더구나. 의식은 처음부터 끝까지 아주 고요하게 진행되었어. 마지막 순간까지 모두 지켜보기로 마음먹고 계속 귀를 기울이고 있지 않았더라면 언제 집을 떠났는지도 몰랐을 거야. 나는 거리를 따라 움직이는 추모객의 작은 행렬을 지켜보았어. 그들이 내 시야에서 사라지며 나는 제인과 영원한 작별을 한 그 순간에도 감정은 북받쳐 오르지 않았단다. 오히려 이 편지를 쓰는 지금 마음의 동요를 더 느끼고 있어. 유해를 지킨 이들의 진심 어린 애도를 받은 사람이 제인 말고 또 있을까? 그 아이가 이 세상을 떠났다는 슬픔이 하늘에서 환영을 받았다는 기쁨의 징조이기를 빌어.

나는 여전히 잘 지내고 있어. 이럴 줄은 누구도 예상하지 못했을 거야. 지난 몇 달 동안 상당히 육체적으로 피로해 정신적 고통까지 겪어야 했거든. 하지만 정말 괜찮아. 나를 이렇게 지탱해 주신 하나님께 마땅히 감사를 드려야지. 네 할머니도 내가 돌아왔을 때보다는 많이 좋아지셨어.

네 아빠도 나빠 보이지는 않는 것 같아. 윈체스터에서 돌아온 이후 전보다 훨씬 편안해 보인다던데. 네 아빠가 내게 얼마나 큰 위로가 되었는지는 말하지 않아도 알겠지. 오빠와 친구들이 내게 베풀어 준 친절은 말로 다 표현하지 못할 정도야.

나는 자주 외출을 하고 나름대로 할 일을 찾아서 하고 있어. 물론 가장 편안할 때는 내가 잃어버린 그 아이를 생각할 여유가 있는 순간이지. 나는 매 순간 제인을 생각한단다. 비밀스러운 속마음을 주고받던 행복한 시간들, 제인이 있어 더 즐거웠던 가족 모임, 제인의 병실, 마지막 순간, (내 바람처럼) 천국에 머물고 있을 모습도. 아, 언젠가는 그곳에서 다시 만날 수 있을까! 제인 생각에 몰두하지 않는 날이 오리라는 사실을 알지만 생각하고 싶지 않아. 내가 이 땅에서 제 인을 덜 생각하게 된다 해도, 하늘에 있을 그 아이를 기억하는 일만큼은 절대 멈추지 않기를 하나님께 기도해. 부디 그곳에서 (하나님께서 기뻐하시는 때에) 제 인과 다시 만나기 위한 겸허한 노력을 절대 그치지 않기를.

　내 소유가 된 귀중한 문서를 몇 장 들춰 보다가 메모를 찾았는데, 금목걸이는 대녀 루이자에게, 머리카락 다발은 네게 주기를 바란다고 쓰여 있더라. 사랑하는 패니, 네가 사랑하는 고모의 바람을 내가 반드시 지킬 것이라는 말은 굳이 덧붙이지 않아도 되겠지. 브로치와 반지 중 무엇이 더 좋은지 알려 주렴. 사랑하는 패니, 네게 하나님의 축복이 있기를 기도하마.

진심으로 너를 가장 사랑하는
커샌드라 엘리자베스 오스틴

옮긴이 **유혜인**

경희대학교 사회과학부를 졸업하고 영어 번역가로 활동 중이다. 옮긴 책으로는 『1816년 여름, 우리는 스위스로 여행을 갔고』, 『잃어버린 이름들의 낙원』, 『사라진 소녀들의 숲』, 『붉은 궁』, 『늑대 사이의 학』, 『아이가 없는 집』, 『데드 스페이스』, 『모조품』, 『살인자의 숫자』, 『봉제인형 살인사건』, 『꼭두각시 살인사건』, 『엔드게임 살인사건』, 『아임 워칭 유』, 『인 어 다크, 다크 우드』, 『우먼 인 캐빈 10』, 『위선자들』, 『악연』 등이 있다.

사랑을 담아, 제인 오스틴

1판 1쇄 인쇄 2026년 3월 18일
1판 1쇄 발행 2026년 3월 25일

지은이 제인 오스틴
옮긴이 유혜인
펴낸이 이지예
펴낸곳 이일상
디자인 곰곰사무소

출판등록 제2022-000187호
주소 (10414) 경기도 고양시 일산동구 중앙로 1192, 601호
대표전화 070-8064-7494　　**팩스** 0504-056-2026
전자우편 2140@2140.co.kr
인스타그램 instagram.com/2140b.studio

ISBN 979-11-994296-2-8 03840

책값은 뒤표지에 있습니다.
잘못 만들어진 책은 구입하신 곳에서 교환해 드립니다.